KB023671

Absolute Liberal Arts English Trivia

절대영어상식200

초판 1쇄 발행 2017년 06월 15일

지은이 구경서

펴낸이 김왕기
편집부 원선화, 이민형, 김한솔
마케팅 임동건
디자인 푸른영토 디자인실

펴낸곳 **(주)푸른영토**
주소 경기도 고양시 일산동구 장항동 865 코오롱레이크폴리스1차 A동 908호
전화 (대표)031-925-2327, 070-7477-0386~9
팩스 031-925-2328
등록번호 제2005-24호(2005년 4월 15일)
전자우편 designkwk@me.com

ISBN 979-11-88292-18-9 03800

Absolute Liberal Arts English Trivia

푸른영토

외국어의 어휘를 익힌다는 것은 해당 국가나 민족의 문화, 역사 그리고 국민정서를 경험한다는 의미이기도 합니다. 자료수집과 원고집필 과정에서부터 영미권 문화와 역사에 대한 이해를 높이는 다양한 정보를 독자들에게 많이 알리고 싶은 욕심이 있었습니다.

여행과 관련하여 '아는 만큼 보인다'라는 말이 있죠. 이 개념을 서양 문화권과 원어민의 이해에도 적용시켰습니다. 이 책의 소재와 주제를 선정할 때 '아는 만큼 영미권을 이해한다'를 제1 기준으로 삼았습니다.

인터넷에 나온다고, 원어민 한두 명이 이렇다 저렇다 하는 설명에도 신빙성과 진위여부를 검증하려고 각별히 신경 썼습니다. 유래를 소개할 때도 확실한 유력설인지 여러 설 중에 하나인 'one of them'에 불과한지를 구분했습니다.

이 책은 처음부터 순서대로 읽지 않아도 되게끔 구성하였습니다. 어학연수, 유학, 장기출장, 여행 등 그 어떤 목적에도 유용하게 사용할 수 있는 정보를 듬뿍 담았습니다.

서점의 인문서적 코너에서나 접할 수 있는 개념들을 쉬운 영어표현들로 즐길 수 있는 좋은 기회가 되기를 바랍니다.

2017년 6월 구경서

차례 CONTENTS

There is only one good, knowledge, and one evil, ignorance.

유일한 선은 앎이요, 유일한 악은 무지이다.

— 소크라테스

001 Watergate 사건의 절정 Saturday Night Massacre

알다시피 Nixon 대통령은 Watergate 도청사건72년 6월을 지시하거나 기획하지 않았습니다. 일부 백악관 참모들의 과잉충성이 초래한 사건이었습니다. 그런데도 Nixon이 탄핵 직전까지 몰린 것은 이 사건을 은폐cover-up하기 위해 했던 그의 각종 거짓말과 사법방해obstruction of justice 행위를 미국민들이 용서할 수 없었기 때문입니다. Nixon은 CIA를 통해 FBI의 수사를 지속적으로 방해하려 했습니다.

이에 분노한 FBI 부국장 Mark Felt는 〈Washington Post〉지의 두 기자에게 이런 Nixon의 불법&부당 행위를 지속적으로 제보합니다. 당시 두 기자는 Mark Felt를 Deep Throat라고 부르며 취재원을 보호했습니다. 이 신문의 계속된 보도로 Nixon은 궁지에 몰리고 결국 73년 가을에 특검수사를 받는 상황에 이릅니다.

하지만 73년 10월 어느 토요일, Nixon은 특별검사 해임권을 가진 법무부 장관에게 특검 해임을 지시합니다. 장관은 그 지시를 거부하고 즉시 해임됩니다. 차관에게 다시 특검 해임을 지시하지만 차관도 거부하여 또다시 해임되고, 법무부 서열 3위가 장차관을 대신하여 특검을 해임합니다.

토요일 밤에 일어난 대량(?) 해고라고 해서 이 사건을 Saturday Night Massacremassacre: 대학살라고 부릅니다. 치졸한 Nixon에 대항한 장/차관의 이 항명은 미국의 정의가 살아 있는 방증으로 여겨지고 있습니다. '대학살'로 여론이 Nixon 곁을 떠나자 그는 다음 달 어느 기자회견에서 이후 유명해진 말 "I'm not a crookcrook: 범법자, 사기꾼"을 외치며 마지막 항변을 했지만, 이미 국민은 그의 편이 아니었습니다.

"I'm not a crook"를 외치는
Nixon 대통령

002 Nixon Shock은 Oil Shock의 씨앗이었다

브레튼 우즈 체제하의 Gold Exchange Standard금본위제에서 미국은 금 1온스를 35달러에 고정시켰습니다. 이에 따라 달러는 언제든지 금으로 바꿀 수 있는 믿음직한 상품권 역할을 했습니다.

하지만 베트남전 장기화로 인한 자금압박은 이 금본위제를 무너뜨리고 1973년의 1차 오일쇼크를 가져오는 근본적 원인이 되었습니다. 미국이 전비 마련을 위해 달러를 마구 찍어내고 있다는 소문이 돌았고 이에 불안을 느낀 국가들과 금융기관들의 gold run달러를 금으로 바꾸려는 강한 움직임 현상도 조금씩 나타나고 있었습니다. 실제로 정부의 금보유고가 서서히 줄어들기 시작했고 급기야 1971년에 미국 정부는 convertibility of US dollar to gold달러의 금태환권를 포기한다는 내용의 Nixon Shock나중에 붙여진 별명을 발표합니다.

가장 충격을 받은 대상은 '달러=금'을 철썩같이 믿고 달러를 대량 보유하던 중동의 산유국들이었습니다. 이 발표 후 1973년까지 달러가치가 지속적으로 하락하자 이를 보상받으려는 대책으로 산유국들은 원유가격 인상을 기정사실화하고 인상 시점을 고민 중이었습니다.

그러던 1973년에 중동에서 아랍국가들과 이스라엘 간의 국지전이 발생하자 산유국들은 기다렸다는 듯이 일제히 원유가격을 인상합니다. 이것이 우리가 알고 있는 Oil Shock=Oil Crisis of 1973입니다. 베트남이라는 나비의 날갯짓이 세계 경제를 빙하기로 몰고 간 blizzard폭풍성 눈보라를 초래했다고 할 수 있습니다.

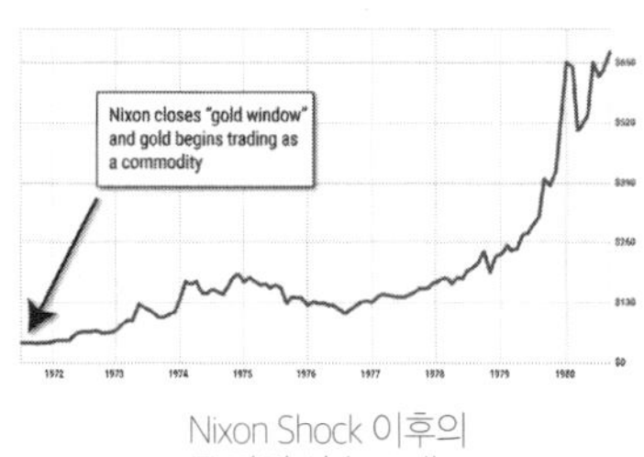

Nixon Shock 이후의
금 가격 상승 그래프

003 Nixon은 면도를 못 해서 Kennedy에게 졌다?

1960년 9월 미국 공화당의 Richard Nixon과 민주당의 John F. Kennedy가 미국 역사상 최초로 TV토론을 했습니다. 결론은 Kennedy의 압승. Kennedy에 대한 호평에는 여러 요인이 있었겠지만, Nixon의 5 o'clock shadow가 일조했다는 분석도 있습니다. 5 o'clock shadow는 아침에 면도를 했어도 오후 5시경이면 얼굴에 거뭇거뭇 자라나는 수염입니다. 나이도 네 살 많은 Nixon은 수염 자국에 긴장까지 해서 땀을 계속 닦았지만, Kennedy는 면도까지 다시 하고 메이크업도 했습니다. 외모와 이미지에서부터 Nixon은 지고 시작한 토론이었습니다.

Kennedy에게는 졌지만 Nixon은 우여곡절 끝에 1969년 1월 백악관 주인이 됩니다. 대통령 취임 후 Nixon과 관련한 주요 표현으로는 silent majority와 madman theory가 있습니다. 그는 히피, 동성애 옹호론, 여성해방운동으로 요약되는 counter-culture movement반문화운동 또는 대항문화운동와 베트남전 반대운동으로 목소리를 높이며 시위하는 사람들을 vocal minority목소리만 큰 소수로 평가절하하고, 미국 사회를 지탱하는 기둥은 보수적인 silent majority침묵하는 다수라고 치켜세우며 기존의 질서와 가치관을 지키려고 애를 썼습니다.

madman theory는 소련과 북베트남에 'Nixon은 핵무기 사용도 불사하는 미치광이다'라는 소문과 첩보를 의도적으로 전파하여 베트남 전쟁 마무리에서 주도권을 쥐려고 했던 Nixon의 외교전략입니다. 최근에는 북한의 김정은이 이 전략을 구사하고 있다는 평도 있습니다.

Kennedy와 Nixon

004 Reagan Doctrine과 공산주의 몰락의 상관관계

미국과 UN이 북한에 대하여 하는 각종 sanctions제재조치; s를 꼭 붙임에 주의는 일종의 containment policy봉쇄정책에 해당합니다. 이보다 더 직접적으로 regime change정권교체를 목표로 하는 정보당국의 다양한 공작활동이나 군사작전은 rollback strategy라고 부릅니다.

냉전 시대에 이 rollback strategy에 가장 적극적이었던 대통령은 Ronald Reagan이었습니다. 특히 소련의 영향력이 컸던 아프리카, 동남아시아e.g. 캄보디아, 중남미의 Nicaragua, Grenada 등 소위 pro-Communist regime친공산주의 정권에 대한 미국의 rollback strategy를 Reagan Doctrine이라고 부릅니다. 이 표현은 Reagan 행정부가 만든 것이 아니라 시사 주간지 〈Time〉에서 어느 칼럼니스트가 지속적으로 사용하면서 굳어진 것입니다.

Reagan Doctrine으로 소련의 영향력이 세계도처에서 줄어들었고 소련을 비롯한 동구권 공산주의의 몰락을 가속화시켰다는 주장이 아직까지도 설득력을 잃지 않고 있습니다. rollback strategy가 항상 미국 뜻대로 진행된 것은 아니었습니다. 미국이나 미국인들에게 직접적인 피해를 줘서 안 하느니만 못한 경우도 있었는데, 이런 부작용이나 역효과를 blowback이라고 합니다.

미국 역사상 가장 큰 blowback이 바로 Cuban missile crisis입니다. Castro를 제거하려는 미국 CIA의 시도가 너무 집요하여, 화가 난 Castro는 급기야 소련의 Khrushchev에게 소련 핵미사일을 쿠바에 배치해 줄 것을 요청하게 되었고, Khrushchev가 이 요청을 받아들여 미국과 소련이 핵전쟁 직전의 상황까지 가는 위기를 경험했습니다.

Ronald Reagan 대통령

005 FBI 국장 Edgar Hoover는 master manipulator

Edgar Hoover는 1924년부터 사망한 1972년까지 48년간 FBI의 총책임자인 Director로 근무했던 전설적인 인물입니다. 그가 재직한 동안의 대통령은 Franklin Roosevelt부터 Richard Nixon까지 여섯 명인데, 그의 정보 장악력이 너무 크고 위협적이어서 오히려 이 여섯 명의 대통령이 그를 모시고(?) 눈치를 봤습니다. 그래서 일부 기자들과 역사학자들은 그를 de facto President사실상의 대통령, Director of USA라고 풍자하기도 했습니다.

FBI에는 몇 가지 별명이 있지만 Hoover의 영향력과 장악력을 보여주는 별명이 the brainchild of Edgar Hoover입니다brainchild: 발명품, 결과물. 도청, 모략, 무고한 자에게 죄 덮어씌우기scapegoating 등 온갖 비윤리적, 불법적 공작을 dirty tricks라고 부르는데, Hoover야말로 dirty tricks의 대가이며 master manipulator였습니다.

manipulate에는 '기계를 다루다'라는 뜻도 있지만 '사람을 조종하다, 시세를 조작하다'라는 부정적 어감의 뜻도 있습니다. 따라서 master manipulator란 상황과 상대에 따라 늑대, 여우, 양 등의 특징을 필요에 따라 골라 쓰는 다중적 인격의 소유자이자 이런 여러 전술로 상대를 쥐락펴락하는 Machiavellian권모술수형 인간입니다. master manipulator는 상대를 puppet꼭두각시으로 만들어 자신이 원하는 대로 조종한다고 해서 puppet master라고도 부릅니다.

이런 부정적 평가에도 불구하고 Hoover는 FBI 요원을 Government Man줄여서 G-Man이라고 불리게 하여 요원들의 자긍심을 높였고, 한때 Ivy League 대학 졸업생들도 G-Man이 되기가 쉽지 않을 정도로 FBI의 위상을 높였다는 평가를 받고 있습니다.

FBI의 총책임자였던 Edgar Hoover

006 기축통화로서 dollar의 힘은 군사력에서 나온다

국제거래에서 통용되는 화폐를 vehicle currencyvehicle: 매개물, 수단라고 부르는데, 그중에서도 특히 신뢰받고 가장 지배적인 화폐를 key currency기축통화라고 부릅니다. 가끔 world currency나 global currency라는 표현도 씁니다. 기축통화급은 아니지만 외환 보유고로 소지할만한 가치가 있다고 판단되는 통화는 reserve currency, anchor currency, safe-haven currency라고 부릅니다haven: 피난처.

US dollar는 또한 key currency인데 이러한 dollar hegemony달러 지배력를 부정적으로 묘사할 때에는 dollar addiction달러 중독이란 표현을 씁니다. 전 세계에 dollar addiction을 퍼트리고 유지하기 위해서는 경제력만으로는 한계가 있고 군사력이 뒷받침되어야 합니다. 가끔 또는 주기적으로 군사적 의미의 muscle flexing근육질 자랑/flex one's muscle: 근육질을 과시하다을 해줘야 dollar와 미국채권을 보유하고 있는 국가나 개인이 '미국은 망하지 않겠군'이라고 생각하며 안심하게 됩니다.

brawn show-off근력 자랑 / brawn: 근력, 체력, show off brawn근력을 자랑하다도 비슷한 표현입니다. 참고로 몸짱이지만 머리는 텅 빈 '백치형 몸짱'을 all brawn and no brain이라고 부릅니다.

key currency였던 US dollar

007 'Teddy Bear' Roosevelt는 지독한 '친일파'였다

관절꺾기와 목의 경동맥 압박을 특징으로 하는 Jiu Jitsu주짓수는 일본 사무라이들의 육탄전 기술입니다. 유도에서 사용되다가 브라질로 건너가 독립된 격투기 기술이 되어 현재 전성기를 누리고 있습니다.

사실 100년도 더 전에 Jiu Jitsu를 극찬한 미국 대통령이 있었습니다. 다름 아닌 Teddy Bear라는 애칭으로 알려진 Theodore Roosevelt입니다재임기간; 1901~1909. 그는 1905년에 "세상 모든 무술을 다 합쳐도 Jiu Jitsu만 못하다"라고 말하며 극찬했습니다.

그는 당시 누구나 다 아는 Japanophile일본문화 애호가이었습니다. 백악관 지하에 취미와 살빼기 목적으로 유도장을 만들기도 했습니다. 심복이었던 William Taft 장관당시 직책명; Secretary of War을 시켜 '내가미국 필리핀을 먹을 테니 너는일본 코리아를 먹어라'라는 내용을 골자로 일본과 Taft-Katsura Secret Agreement를 맺습니다. 그는 또한 "한국은 자치능력이 없다"라며 일본의 대한제국 통치를 인정한 최초의 국가 원수였습니다.

Roosevelt를 대변하는 사람들은 당시에 러시아 견제를 위해서 일본의 역할이 중요했기 때문에 친일적 입장을 취했다고 두둔하지만, 그 이전부터 그의 일본사랑은 일부 언론에서 'Love Affair with Japan'으로 불릴 정도로 각별했습니다.

Japanophile이 못마땅해서 낮춰 부를 때에는 Wannabe~가 되고 싶은 사람와 Japanese를 합성한 Wapanese로 '디스'하기도 합니다.

Theodore Roosevelt 대통령과
러시아, 일본 사절단

008 남북한의 대치상황도 Mexican standoff

영화 속 총격전에서 어느 순간 A와 B가 서로의 머리에 총을 겨누는 장면, 또는 A의 총은 B를, B의 총은 C를, C의 총은 A를 겨누는 장면. 한두 번 나온 것이 아니죠. 이렇게 서로를 위협하고 동시에 위협받아 어찌할 수 없는 상황을 Mexican standoff라고 부릅니다standoff: 대치상황. 단순한 교착 상태stalemate와는 다르게 일촉즉발의 무승부적인 상황입니다. 기원은 불명확합니다. 어쩌면 남북한의 대치상황도 어느 정도는 Mexican standoff의 성격을 지니고 있는 것 같습니다.

Mexican promotion은 책임과 업무량이 늘었거나 승진을 했는데도 월급인상은 별로인 승진 같지 않은 승진을 의미합니다. 그냥 Mexico를 '디스'하다가 생긴 표현으로 추정됩니다. Mexican wave는 경기장에서 관중들이 하는 파도타기입니다. 이전에도 파도타기는 있었지만 1986년 Mexico World Cup에서의 파도타기가 인상적이어서 그때부터 Mexican wave라고 불렀다는 설이 유력합니다. 그냥 the wave라고도 많이 사용됩니다.

009 장성택은 결국 김정은을 'uncle'이라고 불렀다

김정은이 고모부 장성택을 처형했다는 소식에 대부분의 언론사는 천편일률적으로 'execute처형하다'라는 wording으로 보도했지만, 어느 소규모 신문사는 'say uncle=cry uncle'이라는 관용어구를 이용하여 'Kim made his uncle say uncle'이라는 재미있는 headline을 선보이기도 했습니다.

'say uncle'은 싸움에서 상대를 확실히 제압한 후에 "나를 uncle이라고 불러" 즉 '이제 항복해라'라는 의미입니다. 따라서 위의 headline을 해석하면 '김정은이 삼촌고모부을 굴복시켰다'가 됩니다. 물론 굴복시킨 방법은 잔인했습니다.

그런데 이 headline만으로는 uncle이 친삼촌, 외삼촌, 이모부, 고모부 중 누구인지 구별이 안 됩니다. 더구나 서양의 일반 독자들이 우리만큼 김정은과 장성택의 관계를 잘 아는 것도 아닙니다. 기사본문에서는 uncle-in-law 또는 uncle without blood relation이라고 나름 구체적으로 부연설명을 합니다.

한국의 일부 종편 TV에서는 김정은이 친척인 고모부를 죽였다고 자극적으로 보도했지만, 사실 고모부는 친척혈족이 아니라 인척입니다. 고모가 이혼하면 고모부와 고모는,

또한 고모부와 '나'는 서로 남남인 관계입니다. 친척과 인척을 합친 친인척이 relative인데 굳이 친척과 인척을 구분하고 싶다면 blood relative친척, relative-in-law인척라고 부르면 됩니다.

장성택과 김정은 대통령

010 지정학적 '알박기'의 귀재 North Korea

holdout은 부동산에서 알박기입니다hold out: 끝까지 버티다. 알박기용 건물은 nail house 또는 stubborn nailstubborn: 완고한이라고 부릅니다. 웬만해서는 안 빠지는 못과 같다는 거죠.

지정학적으로 볼 때 한반도의 가장 큰 특징은 오직 강대국들로만 둘러싸여 있다는 점입니다. 그래서 남한과 북한은 강대국들이 동북아시아에서 벌이는 '부동산 경쟁'에서 본의 아니게 nail house가 되었고, 특히 북한이 중국을 상대로 '순망치한'이라는 이름의 nail house 카드를 잘(?) 활용하고 있습니다.

반면에 미국에게 북한은 rogue state깡패국가입니다. 여기서 '깡패'란 미국입장에서 고분고분 말을 잘 듣지 않는다는 의미입니다. 사실상 미국 정부가 만든 용어여서 백악관 주인이 바뀔 때마다 그 사용빈도가 달라집니다. 남북한과 미/중/러/일이 이 동네에서 벌이는 복잡한 수싸움은 geopolitical game지정학적 게임이며 결국 이 4강이 원하는 것은 status quo현상유지입니다.

divided rule과 divide and rule을 혼동하는 사람들이 일부 있어서 예를 들어 설명합니다. 미국과 소련이 1948년에 한반도를 남북으로 나누어 관리한 것은 divided rule분할통치에 가깝고 독일을 동서로 나눈 것은 divide and rule에 가깝습니다. 전자는 단순히 편의적 차원의 분할이지만 후자인 divide and rule은 강한 세력을 쪼개서 단합된 힘을 발휘하기 어렵게 만들거나 쪼개서 각개격파한다는 의미입니다. 1, 2차 세계대전의 발생원인인 독일을 나눈 것은 독일의 군사적 부활을 우려했기 때문입니다.

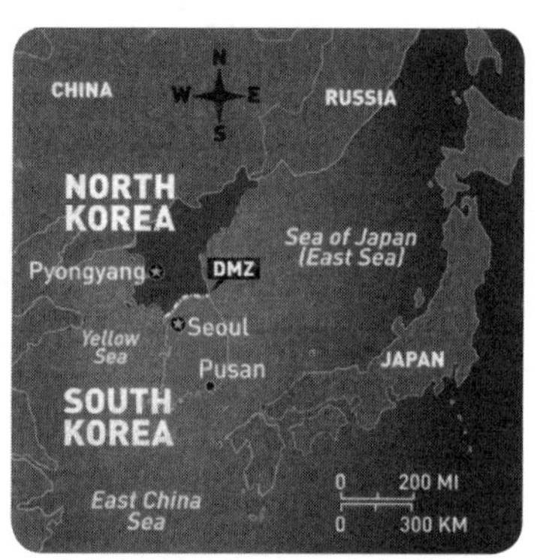

강대국들 사이에 nail house가 된 한반도

011 북한의 SLBM 사랑(?)은 second strike 능력을 높이려고

영토가 넓은 강대국 간의 핵전쟁에서는 소위 '선빵'으로 불리는 first strike=pre-emptive strike보다 second strike capability제2 타격 능력를 더 중시합니다. second strike는 격투기로 비유하면 한대 얻어맞더라도 잘 버틴 후 날리는 강력한 카운터 펀치입니다. 맷집과 강력한 카운터 펀치만 있다면 몇 대 맞아도 승률은 높을 수밖에 없습니다.

적의 핵지휘부 핵심인력과 발사통제장치를 파괴하기 위한 대규모 공격을 decapitation strikedecapitation: 참수라고 부르는데협의로는 적 수뇌부 암살작전, SLBM잠수함발사 탄도미사일을 갖춘 잠수함 몇 대만 카운터 펀치로 운용한다면 적국의 decapitation strike도 별 의미가 없습니다.

북한이 SLBM의 완성도를 높이려는 이유가 바로 이 대목과 관련 있습니다. 강력한 SLBM 능력과 그 자신감에서 나오는 정책이 no first use입니다. 표현 그대로 선제 핵 공격은 하지 않겠다는 정책입니다.

그런데 미국은 충분한 second strike 능력을 갖췄음에도 불구하고 no first use 선언을 거부하고 있습니다. 미국 눈에는 아직 '손 좀 봐야 할' 그리고 경계해야 할 상대가 몇몇 있기 때문에 무력사용도 불사하겠다는 협박성 외교정책인 big stick diplomacy와 군사적으로는 shock and awe strategy충격과 공포 전략를 유지할 필요가 있고, 이를 위해 핵무기를 이용한 first strike가 필수적이라고 판단하는 것 같습니다. no first use는 파키스탄급 핵보유국이 강대국의 심기를 건드리지 않기 위해 유화책으로 사용하기도 합니다.

SLBM

012 MAD와 SAD의 의미는 핵전쟁으로 인한 인류 공멸

국제정치학에서 핵무기와 관련된 유명한 acronym이 MAD입니다. MAD는 Mutually상호간에 Assured100% 보장되는 Destruction파괴의 약자로 보통 상호확증파괴라고 번역합니다. 상호간의, 특히 강대국 간의 핵무기 사용의 결과는 '너도 죽고 나도 죽는다'는 것이 MAD의 핵심 개념입니다. 여기서 MAD는 미친mad 짓을 의미하기도 합니다.

이와는 다른 개념이 SAD입니다. Self나 자신도 Assured100% 보장되는 Destruction파괴의 acronym입니다. 어느 한쪽이 완벽하고 일방적인 '선빵'으로 상대국을 초토화시켜도 결국 파괴로 인한 먼지와 방사능 낙진이 초래하는 대기권 기온 하락인 nuclear winter는 불가피합니다. 따라서 농작물과 가축뿐만 아니라 승전국 국민들도 고통받으며 서서히 죽어간다는 개념입니다. 이겨도 이긴 게 아니라는 점에서 극단적인 Pyrrhic victory상처뿐인 승리라고 말할 수 있습니다.

여기서 SAD는 슬프고 안타까운sad 결과라는 의미이기도 합니다. 기원전 고대 그리스의 Epirus라는 나라의 왕인 Pyrrhus발음: 피러스가 로마군에 이겼으나 그 희생이 너무 커서 승리의 의미가 없었다는 것이 Pyrrhic victory의 유래입니다.

SAD는 이겨도 이긴 게 아니라는 점에서
극단적인 Pyrrhic victory이다

013 nuclear football은 어떤 공?

여행용 가방인 suitcase와 비즈니스맨의 서류가방인 briefcase. 이들이 핵과 관련해서 사용되면 하나는 핵무기, 또 하나는 핵무기 발사장치가 됩니다. 즉 suitcase nukenuke; 핵무기는 여행용 가방 크기의 소형 핵무기로서 모양에 따라 backpack nuke핵배낭라고도 불립니다.

반면 nuclear briefcase는 군최고 통수권자가 휴대하는 핵무기 발사 명령장치입니다. 미국의 경우 nuclear football이라는 별명으로 불립니다. 대통령이 백악관을 벗어날 경우 항상 그를 따라다니는 군 장교가 이 가방을 들고 다니며, 대신 대통령은 biscuit이라고 불리는 보안카드를 몸에 지니고 다닙니다. 이 카드에는 유사시 잠재 목표물에 대한 암호가 적혀 있습니다. 영국수상이 지니고 다니는 보안카드의 별명은 letters of last resort최후의 수단을 작동시키는 문자들입니다.

nuclear를 수식어로 쓰는 여러 표현들 중에 다소 낯선 개념이지만 nuclear umbrella핵우산와 비교할 수 있는 개념인 nuclear sharing핵공유을 소개합니다. 이것은 표현 그대로 핵무기 사용을 공유하는 개념으로서, 그 내용은 NATO 회원국 중 독일, 이탈리아, 벨기에, 네덜란드, 터키의 5개국은 자국

영토에 미군의 핵무기 배치를 허용하고, 평화 시에는 미군이 관리운용하고 전시에는 사전에 합의된 아주 까다로운 조건이 충족될 경우 해당국이 그 핵무기 중 일부를 독자적으로 사용할 수 있는 권리를 갖는다는 것입니다. Canada처럼 NATO 회원국이 아닌 그 밖의 몇몇 국가도 미국과 개별적인 합의하에 nuclear sharing policy를 유지하고 있습니다.

suitcase nuke

014 Samson Option은 이스라엘의 물귀신 작전

구약성서의 Judges사사기에 따르면 Samson삼손은 Philistine블레셋인: 현대의 Palestine인으로 추정들에게 머리카락이 잘려 힘을 잃고 노예처럼 일하게 됩니다. Samson이 붙잡힌 것을 축하하는 Philistine들의 연회장에서 그는 '하나님'의 마지막 기적으로 건물기둥을 무너뜨리는 괴력을 발휘하여 그곳에 있던 많은 Philistine들과 함께 죽습니다. 죽으면서 그는 'Let me die with the Philistines'라고 외쳤습니다.

일부 군사 전문가들은 이것에 비유하여 이스라엘은 만약 적국과 전쟁을 하다 불리하게 되면 보유한 모든 핵무기를 사용하여 적국과 그들의 우방까지도 말살시킬 계획을 갖고 있다고 주장합니다. 이스라엘의 이런 물귀신 작전을 Samson Option이라고 부릅니다.

물론 이스라엘은 핵무기 보유 여부, 보유한 핵무기의 타겟이 누구인지, 어떻게 사용할지를 명확히 밝히지 않는 전략인 nuclear ambiguityambiguity: 모호성를 유지하고 있어서 Samson Option의 현실화 여부는 알 수 없습니다. 어쩌면 ambiguity가 더 무서울지도 모릅니다.

015 미군 장교의 머리를 도끼로 찍은 북한군

미군은 군사작전에 code name을 붙이는 것이 관례입니다. 유명한 군사작전으로는 Operation Chromite인천상륙작전, Operation Desert Storm걸프전의 일부 등이 있습니다.

그 많은 code name 중 사건의 성격에 가장 잘 어울리는 작전으로는 Operation Paul Bunyan을 꼽을 수 있습니다. Paul Bunyan은 미국의 민화 속 주인공의 이름인데 천하장사이며 거인인 lumberjack벌목꾼입니다. 1976년 8월 18일 판문점 JSA공동경비구역에서 북한군이 미군 장교 두 명을 도끼로 살해한 Axe Murder Incident일명 818 도끼만행사건가 발생했습니다. 북한군 초소 감시에 방해가 되는 포플러 나무의 가지치기를 하다 시비가 붙어 발생한 우발적이면서도, 김정일의 지시라는 설에 따르면 계획적인 사건이었습니다.

화가 난 미국은 Operation Paul Bunyan이란 작전명으로 항공모함, 전략 폭격기 등을 동원한 살벌한 show of force무력시위로 북한을 위협하면서 포플러 나무의 가지치기를 끝까지 완수합니다. 여차하면 북진하여 개성과 그 인근까지 점령한다는 contingency plan우발적 상황에 대비한 비상계획까지 짜놓고 있었습니다. 한국군 특수부대는 북한군 초소를 의도적으로 박살 내는 등 calculated provocation계산된 도발행위으로 북한군을 자극했지만, 겁먹은 북한군은 대응하지 않고 low profile저자세로 쭐아 있기을 유지했습니다.

그러나 당시는 냉전체제여서 미국은 소련과 중국을 의식하지 않을 수 없었고, 대통령 선거를 3개월 남겨놓은 국내적 상황도 있어서 전쟁까지는 너무 부담스러웠습니다. 이 사건은 결국 김일성의 유감표시로 종결되었고, 한반도의 여러 갈등상황 중 전쟁에 가장 근접했던 최대의 close call일촉즉발의 위기로 기억되고 있습니다.

미국의 민화 속 주인공인
Paul Bunyan

016 terrorist는 주관과 자의적 기준에 찌든 단어

terrorist에 대한 이중적 시각을 보여주는 일종의 격언이 'One man's terrorist is another man's freedom fighter'입니다. 안중근 의사를 바라보는 한국과 일본의 입장차이도 이 격언으로 충분히 설명됩니다. 그래서 상당수의 언어학자들은 terrorist와 terrorism을 '매우 주관적인' 단어로 규정합니다.

영미인들또는 서구인들이 terrorism으로 규정할 때 적용하는 제1의 기준은 cause주장하는 대의명분의 유무입니다. cause가 있으면 terrorism이고 정신병자나 단순 사회 부적응자가 불특정 다수에게 저지르는 폭력은 terrorism으로 분류하지 않습니다. 그러나 이 기준도 자의적이고 편견이 스며들기도 합니다. 자국민이 자국민을 대상으로 하는 자생적 테러인 homegrowndomestic terrorism의 경우, 특히 범인이 백인이라면 미국언론은 terrorist보다는 bomber라는 표현을 선호합니다.

영국도 별반 다르지 않습니다. the Troubles로 불리는 북아일랜드 분쟁에서의 각종 폭력사태는 분명히 '영국으로부터의 독립'이라는 정치적 cause를 갖고 있었음에도 terrorism이라는 표현보다 bombing을 훨씬 더 많이 사용했습니다. terrorism과 관련하여 다소 최근에 생긴 표현이 violent non-state actor입니다줄여서 VNSA. 보통 '이슬람 국가'로 번역하는 ISISIslamic State of Iraq and Syria의 약자가 대표적인 VNSA입니다.

non-state actor는 원래 국제환경단체인 Greenpeace나 NGO비정부 기구처럼 특정 국가의 외교력이나 행정력으로부터 독립된 단체를 의미합니다. 다만 하는 짓(?)이 폭력일 경우 VNSA라고 부릅니다.

ISIS는 대표적인 VNSA이다

Greenpeace는 대표적인 NSA이다

017 9/11 음모론의 산물인 LIHOP과 MIHOP

2001년 9/11테러로 인하여 생겨난 몇 가지 신조어를 소개합니다. 9/11테러 이후 보안검색이 강화되어 여러모로 불편함이 증가했지만, Muslim들이 겪는 눈에 보이지 않는 차별과 따가운 시선은 불편함 그 이상입니다. 이렇게 공항에서 그들이 경험하는 각종 불편함과 마음고생 또는 보안당국의 편견을 flying while Muslim이라고 부릅니다.

비단 Muslim뿐만 아니라 일반 시민들이 느끼는 보안당국의 깐깐함과 거친 태도는 9/11 McCarthyism 또는 McCarthyism to terrorism이란 신조어까지 만들었습니다. 이 용어는 national security에 대하여 토를 달거나 시비를 걸면 사실상 반국가 행위로 취급되고 테러와 연관이 있다는 혐의를 받게 된다는 살벌함을 의미합니다. 9/11 테러도 음모론을 피할 수는 없었습니다.

여러 음모론 중에서 LIHOP과 MIHOP이 대표적입니다. LIHOP은 'Let It Happen On Purpose'의 약자로서 it, 즉 그 사건이 일어나도록 일부러 내버려두었다는 의미입니다. MIHOP은 'Made It Happen On Purpose'의 약자로 Let과 Made의 차이는 Made가 고의성과 적극성이 더 강함을 의미합니다. 둘 다 미국 정부가 테러의 징후를 사전에 인지했으면서도 고의적으로 방치했다는 주장을 하고 있습니다.

9/11 테러 당시 FBI와 CIA의 정보교류와 공유의 실패를 Chinese Wall between FBI and CIA 또는 이 두 기관의 그러한 방침을 Chinese Wall policy라고 부릅니다. 전혀 예상치 못한 대규모의 부정적 임팩트를 가리키는 주식시장의 용어인 black swan event라는 표현이 9/11 테러 이후 더 유명해지기도 했습니다.

NEW YORK POST

SPORTS EXTRA

'Star Wars'

9/11 BOMBSHELL

BUSH KNEW

Prez was warned of possible hijackings before terror attacks

WITNESS TELLS COURT SKAKEL BRAGGED, 'I'VE KILLED BEFORE'

9/11 테러 음모론 중 대표적인
LIHOP과 MIHOP

McCarthyism

018 정부가 기획하는 terrorism이 있다?

일부러 적국의 군복을 입은 아군병사들에 의해 또는 육해공 이동수단에 적국의 깃발을 달고 이루어지는 공작 또는 파괴활동을 false flag operation 또는 그냥 false flag라고 부릅니다. 한때 우리나라에서도 선거철이면 등장했던 북풍공작도 false flag에 해당합니다. 큰 사건이 터지면 어김없이 conspiracy theory음모론가 뒤따르는 것도 그만큼 false flag가 드문 일이 아니기 때문입니다.

주의를 다른 데로 돌리기 위해 쓰는 공작기법을 red herring직역: 훈제 청어이라고 부르죠. 사냥개들에게 쫓기는 도망자들이 red herring의 강한 냄새로 사냥개들의 후각기능에 혼선을 줬다고 전해져서 유명해진 표현입니다. 국민의 관심사를 다른 데로 돌리기 위해 일으키는 red herring 성격의 정부 자작극도 역시 false flag입니다. 그 자작극이 테러일 경우 manufactured terrorism, government-admitted terrorism, state-sponsored terrorism이라고 부릅니다. CIA 등 정부 구성원도 직접 이런 행위를 하기에는 쉽지 않습니다.

대행해주는 집단은 따로 이들을 front group 또는 front organization이라고 부릅니다. 기업활동에도 false flag를 대신해주는 회사가 있습니다. 이 경우에는 front company라고 부릅니다.

false flag의 진행 3단계를 요약해주는 문장이 있어서 소개합니다. 〈1단계〉 We provide a problem. 〈2단계〉 You provide a reaction. 〈3단계〉 Together we will create a solution. 여기서 we는 정부, problem은 false flag, you는 국민을 가리킵니다.

false flag operation

019 CIA보다 더 강력한 정보기관인 NSA

두 기관 모두 intelligence첩보와 정보를 다루지만, CIA는 그 습득수단이 주로 사람이고 국방부 소속인 NSA는 군사위성을 이용한 각종 데이터 수집과 통신 감청/도청입니다. CIA도 NSA가 보내주는 자료에 의존할 수밖에 없는 구조입니다.

통신장비를 이용하여 얻는 정보와 첩보라는 의미의 signal intelligenceSIGINT는 NSA 담당이고, 사람이 제공해주는 정보와 첩보인 human intelligenceHUMINT는 CIA의 담당 구역이라고 보면 됩니다. 위성영상을 이용하여 얻는 지리적 정보와 첩보인 geospatial intelligenceGEOINT도 NSA가 담당합니다.

특히 북한처럼 사실상 접근이 불가능한 나라에 대해서는 NSA의 역할이 거의 전부라고 봐도 무방합니다. data mining은 무질서하고 서로 무관해 보이기만 하는 수많은 데이터에서 규칙적인 패턴이나 통계적 의미를 찾아내는 과정입니다. NSA의 data mining 기법은 세계 어느 정보기관도 쫓아올 수 없는 수준입니다. 워낙 민감한 정보를 다뤄서 NSA의 별명이 No Such Agency입니다역시도 NSA.

미국, 영국, 캐나다, 호주, 뉴질랜드가 연합하여 SIGINT

에 관하여 서로 협력하고 있는데 그 연합체의 별명이 Five Eyes입니다. 2009년에 미국이 프랑스에게도 동참을 권유하면서 사실상 Six Eyes를 만들자는 제안을 했습니다. 프랑스가 미국에게 동참조건으로 no-spy agreement를 요구하였는데 미국이 이 요구를 거절하여 프랑스 동참은 '나가리'가 되었습니다.

NSA

CIA

020 종북주의자는 영어로 Pinko

공산주의에 대한 공포와 거부감을 뜻하는 Red Scare는 1차와 2차로 구분됩니다.

1차는 1917년 러시아의 Bolshevik Revolution 직후였고, 2차는 2차 세계대전 후인 1947-1957년에 있었던 McCarthyism입니다. 2차 Red Scare 때에는 정식 공산당원인 card-carrying communistcard-carrying: 정회원 카드를 소지한는 아니지만 적어도 '육두품급' 공산주의자인 communist sympathizer공산주의 동조자들을 Fellow traveller 또는 Pinko라고 불렀습니다. 우리나라 실정에 맞는 번역은 '종북주의자' 정도일 것 같습니다.

Pinko는 유명 시사 주간지인 Time에서 만들어 유행시킨 단어로서 1960~70년대 냉전 시대에 Soviet Union소련과 Communist China중공에 유화적인 사람들에게 사용되었습니다. 탈색된 red를 pink로 보기 때문에 생긴 표현입니다.

세월이 흘러 1999년부터 2006년까지 Chavez베네수엘라, Lula브라질, Morales볼리비아 등 좌파인사들이 중남미에서 연달아 집권했을 때 이 분위기를 Pink Tide, 그리고 이 세 명의 대통령을 The Three Musketeers of the left좌파 삼총사라고 불렀습니다. 일부 학자들은 이 현상에 post neo-liberalism후기 신자유주의이라는 label을 붙였습니다.

공산주의에 대한 공포와 거부감을 나타낸 작품 <Is This Tomorrow>

021 Red Scare의 파편이 만들어낸 Lavender Scare

lavender 꽃과 그 색pale purple이 정확히 누구에 의해, 어떤 사건을 계기로 동성애의 상징이 되었는지는 명확하지 않습니다.

19세기 말에 신문, 잡지 등에 lavender가 동성애의 상징으로 간헐적으로 언급되었고, lavender convention동성애자 모임, lavender lad동성애 남성, 요즘의 gay 등으로 시간의 흐름과 함께 그 사용빈도가 높아지면서 자연스럽게 동성애의 상징으로 굳어진 것으로 추정됩니다.

McCarthyism의 유탄이 엉뚱하게 gay와 lesbian에게 떨어진 것이 Lavender Scare입니다. 당시에는 homosexual들 중에 Fellow traveller, 즉 Pinko공산주의 동조자들이 많다는 소문과 인식이 있었습니다. McCarthy 의원은 이 점에 착안하여 정부 내의 gay와 lesbian을 모두 색출하여 해고해야 한다고 주장합니다. 그 근거는 러시아 비밀요원들이나 미국 내 공산주의자들이 이들에게 접근하여 '정부기밀을 알려주지 않으면 동성애자임을 주위에 알리겠다'는 협박을 받을 개연성이 있다는 것이었습니다.

실제로 1953년에 국무부에서만 425명이 동성애자라는 이유로 해고되었습니다. 실직뿐만 아니라 자살도 있었다고 하니 Scare가 과장된 표현은 아닌 것 같습니다.

AMERICANS.....

DON'T PATRONIZE REDS!!!!

YOU CAN DRIVE THE REDS OUT OF TELEVISION, RADIO AND HOLLY-WOOD.....

THIS TRACT WILL TELL YOU HOW.

WHY WE MUST DRIVE THEM OUT:

1) The REDS have made our Screen, Radio and TV Moscow's most effective Fifth Column in America... 2) The REDS of Hollywood and Broadway have always been the chief financial support of Communist propaganda in America... 3) OUR OWN FILMS, made by RED Producers, Directors, Writers and STARS, are being used by Moscow in ASIA, Africa, the Balkans and throughout Europe to create hatred of America... 4) RIGHT NOW films are being made to craftily glorify MARXISM, UNESCO and ONE-WORLDISM... and via your TV Set they are being piped into your Living Room—and are poisoning the minds of your children under your very eyes!!!

So REMEMBER — If you patronize a Film made by RED Producers, Writers, Stars and STUDIOS you are aiding and abetting COMMUNISM... every time you permit REDS to come into your Living Room VIA YOUR TV SET you are helping MOSCOW and the INTERNATIONALISTS to destroy America!!!

당시에는 homosexual들 중에는
Pinko들이 많다는 소문과 인식이 있었다

022 도끼 하나로 토지 소유권을 인정받은 tomahawk rights

조류인 hawk매가 들어간 표현들을 알아보겠습니다. 항공보함 이름 중에 Kitty Hawk가 있는데, 여기서 Kitty Hawk는 미국 동북부 North Carolina 주에 위치한 작은 마을입니다. 이 마을은 1903년에 Wright 형제가 세계 최초로 유인 동력비행을 한 역사적인 장소입니다. 항공모함의 이름으로 Wright 형제의 업적을 기리고 있습니다.

북미 인디언들이 사용하던 전투용 손도끼인 tomahawk와 관련된 표현으로는 Uncle Tomahawk와 tomahawk rights가 있습니다. 전자는 백인을 동경하는 동시에 동족인 인디언을 업신여기는 인디언을 가리킵니다. Uncle Tom이 '백인 동경+흑인 무시'하는 흑인인 것에서 빌려 쓴 표현입니다. tomahawk rights는 무주공산이던 미시시피 강 서부에 tomahawk 하나 들고 들어가 집을 짓고 버티다가 나중에 정부에 의해서 소유권을 인정받은 선견지명(?)이 있던 사람들의 권리를 의미합니다. tomahawk 하나로 오두막을 지었다고 해서 cabin rights라고도 불립니다.

mohawk는 닭벼슬처럼 머리 중앙부에만 머리카락을 남기고 양옆의 머리카락을 면도해서 없애는 punky한 헤어스타일입니다. Mohawk라는 인디언 부족이 했던 haircut이 유래입니다. 양옆을 면도하기는 싫고 mohawk style은 흉내내고 싶을 때는 fauxhawk haircut(faux: '가짜의'라는 프랑스어/발음: 포우)을 선택합니다. 양옆을 면도 없이 단정히 다듬고 중앙부 머리카락을 젤 등을 이용하여 닭벼슬처럼 위로 향하게 '후까시'를 주는, 말 그대로 짝퉁 mohawk style입니다.

fauxhawk haircut

023 Gold Rush로 대박 난 3인방은 누구?

Gold Rush1848~1855의 최대 수혜자는 일단 Forty-niners가 아닌 Forty-eighters입니다. 이들은 말 그대로 1848년부터 금을 캐던 사람들인데 주로 인근 지역 주민들과 눈치 빠른 일부 외지인들이었고 500~1,000명으로 추정됩니다. 당시 하루 일당의 10~15배의 돈을 벌었다고 전해집니다.

'California or Bust캘리포니아로 갈 거야 아니면 폭삭 망해버리지 뭐'라고 외치며 1849년부터 들어온 외지인들인 Forty-niners들은 modest profit그저 그런 수입을 얻거나 무법천지에서 살인과 폭력의 희생자가 될 뿐이었습니다.

다음 수혜자는 California 주 정부입니다. 땅값을 낮추는 등 여러 장려책을 써도 인구유입이 안 되더니 '금'이라는 한 마디에 모든 것이 달라집니다. 예상치 못한 대량의 인구유입으로 1850년에 statehood연방소속 주 지위를 얻게 되고, 이를 동력으로 각종 기반시설 확충과 농업발달의 기틀을 마련합니다. California 주의 Seal공식인장에 EurekaI've found it이라는 뜻가 쓰여 있는 것도, 주의 별명이 Golden State인 것도 Gold Rush와 관련 있습니다.

마지막 수혜자는 일반인 gold seeker들이 떠난 후 들어온 자본가들입니다. 깊은 땅속에 있는 금을 캐기 위해서는 일반인들의 곡괭이만으로는 불가능했기 때문입니다.

미국 서부의 민요 'Oh My Darling Clementine'에 나오는 Clementine의 아빠도 forty-niner였습니다. 원래 가사는 'In a cavern, in a canyon, excavating for a mine, lived a miner, forty-niner'로 시작하는데 어찌 된 일인지 우리나라로 수입(?)되면서 '넓고 넓은 바닷가에…'로 번역되어 광부의 딸이 어부의 딸로 변신합니다.

금을 캐고 있는 Forty-niners

024 미국 대통령 후보들이 Missouri 주를 주목하는 이유는?

bellwetherwether: 거세한 숫양는 양 떼에서 방울 달린 '반장 또는 회장' 양을 가리킵니다. 목동은 bellwether의 방울 소리만 들어도 양 떼가 어느 방향으로 가는지, 얼마나 멀리 떨어져 있는지 짐작할 수 있습니다. 그래서 bellwether는 경제용어로서 선도적으로 움직이는 기업이나 기업가인 first mover 또는 산업의 큰 흐름의 방향이 바뀜을 암시하는 징후의 의미로 사용됩니다.

선거와 여론조사에서는 Missouri bellwether라는 용어가 유명합니다. Missouri 주는 1904년부터 2004년까지 100년간, 1956년 단 한 번을 제외하면 이 주에서 우세했던 후보가 대통령에 당선되었다는 놀라운 기록을 갖고 있습니다.

Missouri 주는 본토의 중앙부에 위치해 있어 동부, 서부, 남부에서 뚜렷하게 나타나는 지역색이 거의 없습니다. 또한 북에서 남으로 흐르는 Mississippi 강의 중간쯤에 위치해 있고 19세기에는 동부에서 서부로 갈 때 반드시 들려 각종 보급품을 충전해야 했던 교통의 요충지였습니다. 그래서 당시 Missouri 주의 별명이 the Mother of the West였습니다. 이 지역 사람들의 인종구성, 종교성향, 소득과 교육수준 등이 다른 주와 비교하여 통계학적으로 이상적인 표본평균에 가장 가깝다고 여겨지고 있는 겁니다.

Missouri bellwether와 같이 정치나 선거에서 의미 있는 지표 역할을 하는 기준이나 특징을 political bellwether 또는 election bellwether라고 부릅니다.

본토 중앙부에 위치해 있는 Missouri 주

025 흑백혼혈인 yellow girl은 백인 남성 killer

순도 100% 흑인인 full black이 아닌 혼혈 흑인을 부르는 표현 중에 yellowbone과 redbone이 있습니다. 둘 다 slang이므로 사용하는 것은 '비추'입니다. 전자는 흑인과 백인의 혼혈이라 피부색이 yellow 느낌의 light color입니다더 정확히는 황갈색. 후자인 redbone은 흑인과 비백인의 혼혈이라 yellowbone보다 피부색이 더 짙습니다.

yellowbone을 mulatto라고 부르기도 하는데, 이것 역시 듣기 거북한 표현입니다. tragic mulatto는 백인도 흑인도 아닌 어정쩡한 identity로 인해 양쪽 어디서도 환영받지 못하고 고통받는 혼혈인의 비애를 상징합니다.

yellowbone 중에 특히 조상을 따졌을 때 백인 피가 더 섞였으면 high yellow라고 부르는데, 희소성까지 있어서 백인 남성들은 미모의 high yellow를 보면 쓰러집니다. high yellow는 그냥 yellow girl이라고 부르기도 합니다.

이런 slang을 소개하는 이유는 1836년 Texas가 Mexico에서 독립하는데 Yellow Rose라는 별명의 어느 미녀 high yellow가 우연히 일조했다는 전설 같은 이야기 때문입니다. 이와 관련된 이야기는 다음 코너에서 자세히 설명하겠습니다.

026 Texas는 미모의 혼혈 여인 때문에 미국땅이 되었다

Mexico가 Texas를 차지하고 있던 1835년에 Sam Houston 장군의 지휘를 받던 Texas 민병대는 Mexico를 상대로 반란을 일으키고 적장인 Santa Anna 장군의 캠프를 급습합니다.

당시 Santa Anna는 Texas의 어느 호텔에서 일하고 있던 Emily West a.k.a. Emily Morgan라는 high yellow에게 반해 전장으로 데리고 다녔습니다.

Houston 장군이 급습하던 날도 Anna 장군은 그녀와 사랑을 나누다가 제대로 병사들을 지휘하지 못하게 됩니다. 그는 허겁지겁 옷을 반만 걸치고 도망가게 되고 이날을 계기로 전세는 Texas 민병대로 기울어 결국 Mexico는 물러가고 Republic of Texas가 탄생합니다. 이 과정이 Texas Revolution입니다.

사실 이 여인이 실존인물인지, 실제로 Anna 장군과 연관이 있는지 정확한 기록은 없습니다. 그래서 그녀를 folk legendary heroine이라고 부릅니다. heroine이 된 것은 Anna 장군의 총기를 흐리게 한 공로 때문입니다.

어쨌든 그 이후 남부지역에서는 이 여인을 yellow rose라고 불렀고 The Yellow Rose of Texas라는 노래까지 만

들어집니다. 이 곡은 몇 차례 개사 되어 남북전쟁 당시 Confederate Army남부 연합군의 군가로도 애창되었습니다. 현재 Texas의 San Antonio에는 그녀의 이름과 동일한 호텔인 The Emily Morgan Hotel이 있고, Yellow Rose, Yellow Rose of Texas 등 유사한 brand의 whisky들도 판매되고 있습니다.

참고로 Emily Morgan처럼 본인의 적극적 노력이나 의도 없이 '어쩌다 보니' 대중의 박수와 존경을 받게 될 때 그를 accidental heroheroine라고 부릅니다.

The Yellow Rose of Texas

027 Tokyo Rose는 태평양 전쟁을 무대로 미군을 홀리던 DJ

미국과 일본이 태평양 전쟁에서 '맞짱뜨고' 있을 때 일본의 라디오 선전방송인 Radio Tokyo에서는 10여 명의 일본 아나운서들이 교대로 DJ를 하면서 팝송을 내보내고 매력적인 목소리로 미군들을 '홀리고' 있었습니다. 미군은 이들 한 명 한명을 Tokyo Rose라고 불렀습니다.

이 중 Iva Toguri라는 미국 국적의 Tokyo Rose 한 명이 종전 후 미국에 입국합니다. 사법당국은 기소할 생각이 없었는데 반역죄로 처벌하라는 여론이 너무 강해서 결국 그녀는 재판을 받고 8년간 수감생활을 하게 됩니다. 오랜 세월이 흐른 1972년에 그녀는 Gerald Ford 대통령에 의해 사면됩니다.

그녀는 진주만 공습 직전에 아픈 이모를 만나러 모국인 일본에 왔다가 일본당국에 의해 출국이 금지되고 사실상 반강제적으로 선전방송에 참여하게 됩니다. 미국 국적을 버리라는 회유도 있었지만 그녀는 포기하지 않았습니다. 그녀의 이러지도 저러지도 못하는 심경이 당시 그녀의 DJ nickname인 Orphan Annorphan: 고아에서 느껴집니다.

유럽에도 Nazi에 협력한 미국 국적의 아나운서들이 있었습니다. 연합군이 적성국인 독일, 이탈리아, 일본을 합쳐서 부르는 표현인 Axis가 들어간 닉네임으로 불린 Axis Sally와 Lord Haw-Haw라는 닉네임의 남성 아나운서인데 전후에 각각 징역을 살고 교수형을 당합니다.

Tokyo Rose 중 한 명인 Iva Toguri

028 Unthanksgiving Day와 Thankstaking Day의 의미

1950년대부터 싹트기 시작한 아메리칸 인디언들의 정체성 인식과 권리향상 운동인 Red Power Movement는 1960~70년대에 가장 활발한 모습을 보입니다.

1969년에는 수백 명의 red power activist들이 그 유명한 Alcatraz 섬을 자신들의 땅이라는 주장과 함께 점령하여 19개월간 항의농성을 했습니다. 이 사건을 계기로 동부인 New England의 Native American들은 Thanksgiving Day를 National Day of Mourning국가적 애도의 날으로 정하고 자기 조상들에 대한 백인들의 '대량학살'을 규탄하고 있습니다.

일부 백인들도 동참하여 먹고 마시는 추수감사절을 지양하고 Thanksgiving Day를 National Day of Atonement국가적 속죄의 날로 삼아 진정한 반성의 시간을 가져야 한다고 주장합니다. 서부지역 Native American들도 별도의 단체를 만들어 1969년의 Alcatraz 섬 점령을 기념하는 행사를 하고 있으며 Thanksgiving Day를 Unthanksgiving Day라고 부르고 있습니다.

또 다른 이들은 giving 대신 taking을 사용한 Thankstaking Day라는 표현을 쓰면서 인디언 조상들의 목숨과 땅을 taking한강탈한 백인들을 비난합니다. 추수감사절 연휴 동안에는 수천 명의 Native American들이 이 섬을 방문하여 1969년의 정신을 기리고 있습니다.

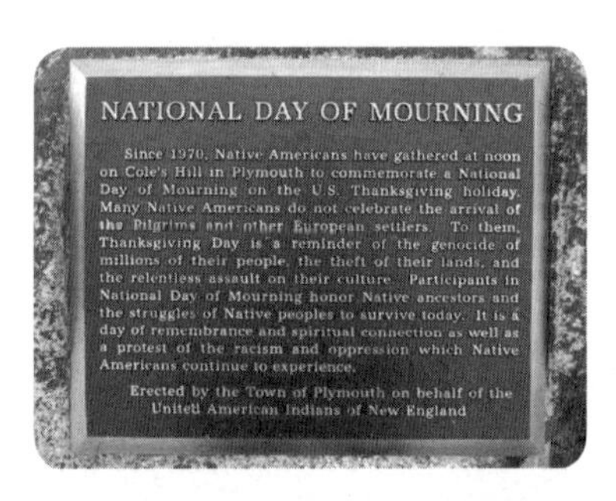

조상을 기리고 있는 아메리칸 인디언

029 Ronald Reagan, John Lennon 그리고 Timothy Leary

California의 1967년은 Ronald Reagan이 주지사에 당선된 해이기도 하지만 Summer of Love, Summer of 67이라는 닉네임의 counter-culture movement반전&반문화 운동가 절정에 이르고 있던 해이기도 합니다.

Reagan과 함께 주지사 경선에 입후보했던 전직 심리학과 교수Harvard 대학교 Timothy Leary는 반전, 반문화 운동을 함께해서 코드가 맞던 John Lennon에게 자신의 선거구호인 'Come together. Join the party'에 어울리는 로고송 제작을 부탁합니다. 그러나 부탁받은 로고송으로 유세를 하던 Timothy는 마리화나 소지 혐의로 체포되어 유세를 중단하게 됩니다.

이 로고송에서 영감을 받아 1969년에 나온 곡이 Beatles의 'Come together'입니다. 가사 중에 'Come together, right now, over me'라는 후렴구가 있는데 John Lennon은 반전운동을 하면서 이 부분을 'Come together. Stop the war, right now'로 바꿔서 불렀습니다.

030 Turn on, tune in, drop out

Timothy Leary는 Nixon 대통령에 의해 'the most dangerous man in America'라는 혹평을 받습니다. 그의 핵심 문제점은 acid라는 별명으로 불리는 환각제 LSD였습니다. 그는 60년대 초 Harvard대 심리학과 교수 시절 'LSD는 중독성이 없으며 의료 전문가에 의해 적절하게 통제되어 사용되면 다른 어떤 치료법보다도 효과적인 심리치료 보조수단이다'라는 취지의 논문을 발표했습니다. 그러나 당시 사회 분위기에서는 너무나 파격적인 주장이라 문제가 되어 대학에서 해고당합니다.

그는 연구와 관련된 자신의 신조를 꺾지 않고 60년대 중후반부터 권위주의 타파를 목적으로 counter-culture 전도사의 길을 걷습니다. 'Turn on, tune in, drop out'이라는 구호도 그가 만든 것입니다. LSD에 취하고turn on: 마약을 복용하다, 생각이 맞는 사람들과 함께 어울리고tune in: 주파수를 맞추다, 전통적인 사고방식을 버리라drop out는 것이 이 구호의 의미입니다. 그가 California 주지사 경선에서 사용했던 구호의 일부인 'Join the party'에서 party가 '선거참여'를 뜻하기도 하지만 acid partyLSD 환각파티를 암시하는 중의적 의미를 갖고 있다고 해석하는 사람들도 있습니다. 그의 또 다른 구호가 'Think for yourself and question authority너 자신을 위하는 생각을 하고 권위에 의심을 품어라'인 것으로 보아 개인주의를 지향하고 권위주의를 혐오했던 것이 확실합니다.

Timothy Leary의
Turn on, tune in, drop out

031 Reagan의 공급 경제학이 voodoo economics가 된 사연

voodoo는 카리브 해 연안 국가의 일부 흑인들이 행하는 witchcraft주술행위입니다. 증오하는 사람의 인형에 못이나 침을 박으며 그가 죽기를 바라는 의식을 할 때 그 인형을 voodoo doll이라고 부릅니다. 미국 남부의 흑인들일부 백인도 포함에게도 영향을 미쳐서 Louisiana voodoo, New Orleans voodoo라는 종교 또는 종교의식이 아직도 남아있습니다.

1980년 미국 공화당의 대통령 후보 지명전에서 George H. W. Busha.k.a. 아버지 부시 후보가 Ronald Reagan 후보의 공급 경제학 이론을 voodoo economics라고 부르며 엉터리 경제학이고 국민을 현혹시키는 사기술이라고 비난했습니다. 이때부터 voodoo라는 수식어가 유명세를 타게 되었고, 그 후 voodoo science사이비 과학, voodoo politics국민을 현혹하는 무책임한 정치, voodoo poll엉터리 여론조사, voodoo marketing허위/과장 광고이라는 표현들이 만들어졌습니다.

특히 voodoo economics무당 경제학으로 번역는 Reagan의 공급 경제학만을 지칭하는 게 아닌, 안되는 줄 뻔히 알면서도 국민에게 장밋빛 미래를 약속하는 모든 경제정책을 가리킵니다.

032 Reagan이 맞아, Keynes가 맞아? 이젠 둘 다 틀려

trickle은 수도꼭지에서 물이 한두 방울씩 계속 떨어진다는 의미의 명사이자 동사입니다. 이 단어에 up과 down을 붙인 'trickle-up effect vs. trickle-down effect' 또는 'trickle-up economics vs. trickle-down economics'는 아직까지도 누가 맞는지 또는 더 설득력 있는지 그 결론을 내리지 못한 경제학의 오래된 숙제입니다.

trickle-up effect또는 economics는 경제학자 Keynes가 제시한 '총수요 진작 및 경기 활성화 방안'으로서, 중산층 이하에 대한 세금감면과 정부지출 확대가 민간소비를 자극하여 그 효과가 결국 대기업과 부자들에게까지 이르게 한다는 이론입니다. 분수처럼 물이 위로 올라간다고 해서 fountain effect분수효과로도 불립니다.

반면 Reagan 대통령의 Reaganomics의 근간이 된 trickle-down effect낙수효과는 대기업 감세를 통해 기업에 투자 여력을 제공하면 시간이 지나면서 고용창출 효과가 나타난다고 봅니다. 총수요 진작 등 단기적 자극보다 기초체력을 보강해야 한다는 경제학자 Milton Friedman의 supply-side economics공급경제학가 뿌리인 이론입니다.

그러나 OECD경제협력개발기구는 2014년에 보고서를 통해 경제정책의 기본방향은 trickle-up이냐 trickle-down이냐의 해묵은 논쟁을 지양하고 inequality불평등, 즉 wealth gap을 줄이는 것에 더 초점을 두어야 국가경쟁력이 강해진다는 의견을 제시했습니다.

Reagan 대통령과 경제학자 Keynes

경제협력개발기구 OECD

033 Keynes가 말한 animal spirits는 동물적 본능이 아니다

경제학자 John Maynard Keynes는 불확실성이 존재하는 환경에서 투자의 결정은 단순히 수학적 계산이나 통계적 분석만으로 이루어지는 것이 아닌 spontaneous optimism자연스럽게 생겨나는 낙관적 사고에 달려있다고 주장했습니다.

그는 이 낙관적 사고를 그는 animal spirits라고 불렀습니다. 세상은 이분법적으로 rationality합리성와 irrationality비합리성로 구분할 수 없으며 그 중간적이고 판단하기 모호한 상황도 얼마든지 있기 때문에 그런 경우에는 자신감 또는 확신이라는 엔진이 필수적이라는 것입니다. 한마디로 이론적 분석만 할 줄 아는 booksmart책상물림적 사고방식만으로는 선굵은 entrepreneur기업가나 investor가 될 수 없다는 것이죠.

animal spirits와 관련한 Keynes의 여러 언급이 있지만 짧고 쉬운 어록을 소개하면 다음과 같습니다; 1) Most of our decisions are taken as a result of animal spirits. 2) The markets are moved by animal spirits, not by reasonreason; 이성, 합리성. 10년간 인도의 총리로 재임했던 Manmohan Singh은 "We need to revive the animal spirits in the country's economy"라고 말하며 경제에서 심리적 요인 즉, 멘탈이 중요함을 강조했습니다.

경제학자 John Maynard Keynes

034 too big to fail은 해체해야 한다고 주장한 Alan Greenspan

너무 커서 망할 수 없다는 의미의 'too big to fail'은 2007년 미국의 subprime mortgage에 의해 촉발된 금융위기 이후 본격적으로 사용된 표현입니다. 우리말 '대마불사'와 비슷한 개념으로서 규모가 초대형인 기업, 특히 금융기관은 얽힌 이해관계가 너무 많아서 해체시킬 경우 득보다 실이 더 크기 때문에 함부로 건드려서는 안 된다는 주장입니다.

찬반양론이 분분하여 경제학자 Paul Krugman은 인위적 해체에 반대했지만 연방준비제도 의장이었던 Alan Greenspan은 찬성했습니다. Greenspan은 'If they are too big to fail, they are too big. '대마불사'는 너무 크다는 것 자체가 문제다'이라고 꼬집으며, 초대형 금융기관도 만일의 사태를 대비하여 분할시킬 필요가 있다는 입장이었습니다.

금융위기 당시 비판론자들은 'Too big to fail is too big to allow '대마불사'는 너무 크고 그 이유로 용납할 수 없다'라는 약간의 rhyme이 있는 표현의 피켓을 들고 시위하기도 했습니다. 한마디로 'too big' 자체가 죄악이고 언제 터질지 모르는 폭탄이라는 말입니다.

035 Alan Greenspan, 당신이 금융위기의 배후 맞지?

moral hazard도덕적 해이에 대하여 여러 가지 정의가 있겠지만 경제학자 Paul Krugman은 'A가 위험을 감수하고 행동했는데 그 행동의 나쁜 결과를 엉뚱하게 B가 떠안고 좋은 결과는 A가 독식하는 경우'라고 정의했습니다. 한마디로 사건 터졌을 때 똥 싸는 놈과 치우는 놈이 다르다는 뜻입니다.

Alan Greenspan이 연방준비제도 의장으로 있던 1987년부터 18년간 금융기관들이 과도한 리스크를 부담하며 오버액션을 하여 초과수익을 낼 수 있었다면, 그것은 문제가 터져서 자신들의 예측과 다르게 상황이 전개되어도 Greenspan이 적절한 금리조절을 통해 뒤치다꺼리해줄 것이라는 강한 믿음이 있었기 때문입니다. 그래서 이러한 정신적 '비빌 언덕'을 Greenspan Put이라고 불렀습니다.

주식투자에서 위험 헷지수단 중 하나인 Put Option에 비유한 비아냥이고 Greenspan이 금융기관들의 도덕적 해이를 조장했다는 지적입니다. 도덕적 해이와 관련된 또 다른 표현이 Samaritan's dilemma입니다. soup kitchen무료 급식소을 운영하는 것이 이용자가 거리생활을 벗어나는데 디딤돌이 될 수도 있지만 영원히 soup kitchen에 의존하게 만들 수도 있습니다. 이것이 Samaritan's dilemma입니다.

물론 soup kitchen을 운영하지 말라는 것이 아니라 선한 의도의 모든 구제행위와 복지정책은 의도치 않은 부작용과 특히 moral hazard가 있을 수 있으니 상황별로 다르게 그리고 신중하게 대처하라는 취지로 경제학자 James Buchanan이 만든 표현입니다.

Alan Greenspan

036 노벨 경제학상은 '짝퉁'이다

Alfred Nobel의 유언에 따라 1901년부터 물리학, 화학, 생리학/의학, 문학, 평화의 다섯 분야에 대하여 노벨상이 수여되고 있습니다.

속칭 '노벨 경제학상'은 1969년부터 시작되었는데 스폰서는 노벨재단이 아닌 스웨덴 중앙은행인 Sveriges Riksbank입니다. 상금과 수상자 선정에 드는 경비도 이 은행이 부담합니다. 이 은행의 창립 300주년을 기념해서 노벨의 명성에 빌붙어서 만들어진 다소 얄팍한 상입니다.

그래도 양심은 있는지 예를 들어 원조 노벨상은 Nobel Prize in Chemistry지만 경제학상은 Sveriges Riksbank Prize in Economic Sciences in memory of Alfred Nobel입니다. 해석하면 '노벨 기념 스웨덴 중앙은행 경제학상'입니다. 명백히 Nobel Prize가 아님을 확인할 수 있습니다.

1969년 첫 시상 이후 그 공식명칭이 11차례나 바뀔 정도로 아직도 제자리를 찾지 못하고 있는 정통성 없는 상입니다. 노벨의 후손들이 강력히 반발하고 있지만 이 상이 없어질 가능성은 거의 없다고 합니다. 1980년대 이후 수상자들의 약 90%가 미국 경제학자들이어서 미국이 즐거워하는 상이기 때문입니다.

또 하나 오해의 소지가 있는 명칭은 노벨 생리/의학상입니다. 영어 명칭은 Nobel Prize in Physiology or Medicine입니다. 노벨 의학상, 노벨 생리학상으로 분리되어있지 않습니다.

Nobel Prize Medal

037 'Devil Wears Prada' economy는 미국판 '열정페이'

열정페이란 일부 업계에서 인턴직 사원이나 apprentice도제 또는 견습생 신분의 피고용인에게 업계의 거물로 성장할 수 있다는 희망을 미끼로 저임금, 무보수 야근, 그 밖의 부당 노동행위를 강요하는 것을 말합니다.

미국판 열정페이가 'Devil Wears Prada' economy 또는 줄여서 Prada economy입니다. 영화 <Devil Wears Prada>에서 독선적이고 위압적인 패션지 편집장 Meryl Streep 때문에 인턴직원 Anne Hathaway는 밤낮으로 '개고생'합니다. 그녀의 고생과 고통에서 유래한 표현이 Prada economy입니다.

Prada economy를 최소화하기 위하여 미국 정부는 조만간 연봉 약 47,000달러 이하의 근로자가 초과근무를 할 때 받게 되는 time-and-a-half야근 시 지불하는 시급의 1.5배 수당의 법제화를 추진하고 있습니다. 하지만 법으로 규제해도 wink-and-nod 때문에 Prada economy가 실질적으로 줄어들지는 의문이라는 회의론도 있습니다.

wink-and-nod는 주로 불법적이거나 부당한 것에 대한 양측 당사자 간의 암묵적 합의나 묵인이라는 부정적 의미의 표현입니다. '갑'인 고용주가 wink하면 즉 법이 어떻든 기존 관행대로 하자고 무언의 압박을 하면 '을'인 피고용인은 울며 겨자 먹기로 nod고개를 끄덕임할 수밖에 없다는 것을 의미합니다. 그러나 wink-and-nod에 대한 우려에도 불구하고 이 법이 통과되면 고용환경은 조금이라도 개선될 것은 분명합니다.

영화 <Devil Wears Prada>의 한 장면

038 beautiful people만 바라보는 velvet rope economy

velvet rope, 더 정확히 red velvet rope는 극장, 시상식, 각종 행사장 등에서 티켓이 없거나 초대받지 못한 사람들을 들어오지 못하게 막는 일종의 바리케이드입니다.

나이트클럽에서는 '물관리'를 하며 소위 beautiful people만 입장시키기 위해서 사용하는 유용한 도구입니다. beautiful people은 불량해 보이지 않고 적절한 복장을 한 남성고객과 용모가 준수한(?) 여성고객을 가리키는 밤문화 용어입니다. 이렇게 beautiful people만 입장시키는 영업 전략을 red velvet rope policy라고 부릅니다. 이런 방침이 밤문화 업소를 벗어나 기업에서 사용될 때 red를 생략하고 velvet rope economy라고 부릅니다.

기업들이 판단하는 beautiful people인 '고소득층+고소비층'의 기준은 업종, 매출규모, 나라에 따라서 다를 수 있습니다. 예를 들어 LA 공항은 약 200만 원을 지불하면 초고속으로 공항 검색대를 통과시켜줍니다. 어떤 게임업체에서는 몇십 달러를 내면 갖고 있는 무기의 성능이 갑자기 좋아집니다. 이렇게 추가적인 돈을 받고 privilege특권를 파는 것이 velvet rope economy입니다.

그냥 red velvet이라고 하면 red velvet cake를 가리킵니다. 초콜렛 케익인데 붉은색을 내기 위해 beet라는 채소의 즙이나 식용색소를 사용한 디저트로, 미국 남부에서 특히 인기 있습니다.

red velvet rope

red velvet rope policy

039 Lotte하면 아귀를 먼저 떠올리는 원어민들

괴테의 <젊은 베르테르의 슬픔>에 나오는 여주인공 Charlotte발음; 샬롯에 인상을 받은 롯데그룹의 창업주는 자신의 기업명을 Lotte로 정했습니다. 그런데 소문자로 lotte발음; 랏이 물고기 아귀라는 뜻임을 알고 그런 이름을 썼을까요?

기아 자동차의 KIA도 미국에서는 Killed In Action전사/action은 전투를 의미으로 오해받을 수 있는 명칭입니다. 기업명 '쌍용'을 S를 두 번 써서 SSANGYONG으로 표기하는데 그 어떤 고유명사나 보통명사에도 초성에 s를 두 번 쓰는 경우는 없습니다. 외국인들이 고개를 갸우뚱합니다. Hyundai는 통일된 발음이 없고, '현데이, 현다이, 한다이, 히운다이' 등 여러 가지로 발음됩니다. 영국에서는 'It's Hyundai, just like Sunday'라는 발음교정용 phrase를 만들어서 '현데이'를 밀고 있고, 캘리포니아에서 스페인어 버전의 광고에서는 '한다이'라는 발음을 쓰고 있습니다. 아무런 발음안내를 받지 못하는 일반인들은 대부분 '현다이'라고 발음합니다.

LG는 Lucky-Goldstar를 줄인 명칭인데 미국에서 Gold Star는 전사자 유가족을 의미합니다. Gold Star Family, Gold Star Wives 등의 명칭과 모임이 있습니다.

040 휴대폰 리콜한 어느 전자회사 CEO를 위한 영어 과외

Maslow's hierarchy of needs매슬로우의 욕구 5단계설로 유명한 심리학자 Abraham Maslow는 Maslow's hammer=golden hammer라는 개념도 소개했습니다.

여기서 golden hammer란 over-reliance of a familiar tool 익숙한 도구에 대한 과잉의존을 의미합니다. 가진 도구가 망치 하나뿐이니 해결책도 cliché뻔한 방법일 수밖에 없고 '그동안 이 망치로 좋은 성과가 많았지. 내 방법이 최고야!'라는 '자뻑' 성향의 confirmation bias확증편향가 의식 뒤편에 굳게 자리 잡습니다. 여기서 나온 idiom이 'stick to the golden hammer' 입니다. 다양하고 창의적인 해결책을 찾으려고 애쓰지 않고 그동안 먹혔던 한두 가지 방법만 고수하는 '멘탈'을 지적할 때 사용합니다.

이와 관련된 속담으로는 'There's more than one way to skin a cat고양이 가죽 벗기는 방법은 여러 가지'이 있습니다. Warren Buffett이 말해서 유명해진 'The stock market is an efficient device for transferring money from the impatient to the patient주식시장은 조급한 자들로부터 느긋한 자들에게 돈을 이체시키는 효율적인 장치'라는 어록도 조급증과 서두름에 대한 경고일 수 있습니다. 'Haste is a crap서두름은 똥'임을 명심해야 합니다. "Walk. Don't run."

Maslow's hammer

041 미쉐린 '타이어 맨'의 이름은 Bibendum(비벤덤)

Michelin man으로도 불리는 타이어 인형 마스코트는 프랑스 만화가에 의해 1898년에 탄생했습니다. 첫 광고에서 '지금은 마실 시간'이라는 의미의 라틴어인 'Nunc Esl Bibendumbibendum; 동사 drink의 의미'를 광고 카피로 하는 타이어맨은 유리조각이 잔뜩 들어있는 샴페인 잔을 들고 있습니다. 당시의 타이어 내구성은 도로에 버려진 유리조각, 못, 날카로운 돌조각 등을 견디지 못하는 수준이었는데, Michelin tire는 이런 장애물들을 가볍게 '마셔버릴' 정도로 튼튼하다는 것을 강조한 것이 이 광고입니다. 이 광고 이후로 타이어맨은 Bibendum 또는 줄여서 Bib으로 불려 왔습니다.

1900년에 발행된 Michelin Guides는 자동차의 보급과 그에 따른 타이어 판매를 촉진시키기 위해서 Michelin tire가 기획한 마케팅 프로그램입니다. 프랑스 전역에 있는 자동차 정비센터, 주유소, 호텔, 레스토랑 등 운전자에게 유용한 여러 정보를 담았습니다.

요즘은 Red Guides와 Green Guides로 나누어져 있는데, 전자는 식당 평가, 후자는 가볼 만한 명소 소개와 평가를 담당하고 있습니다. 그런데 Red Guides에 대해서는 Gallic cultural imperialismGallic; 프랑스의이라는 편견이 담겨있다는 비판이 많습니다. 유달리 전 세계 프랑스 식당에 별점이 후하다는 지적인 거죠.

또한 일식당에도 관대한 점수를 줘서 공정성에 의심을 받고 있습니다. Michelin tire의 일본 판매를 높이려는 꼼수가 아니냐는 지적이었습니다. Michelin 별점을 싫어하는 식당들도 많습니다. 괜히 고객들의 기대치만 높아지고, 혹시라도 손님들이 특정 시간대에 밀려오면 맛과 서비스의 질이 낮아져서 역효과가 날 수 있다는 우려 때문입니다.

1898년 프랑스 만화가가 만든
Michelin man 광고

042 Nissan의 CEO인 Carlos Ghosn의 다양한 닉네임

Brazilian-Lebanese-French businessman이 Carlos Ghosn 카를로스 곤에 대한 소개에서 가장 먼저 접하는 정보입니다. 브라질에서 태어나 6살에 아버지의 고국인 레바논으로 건너가 10년간 살았고 이후 어머니의 나라인 프랑스에서 공부한 'hybrid'형 스타일입니다.

공대 졸업 후 Michelin Tire에 입사하여 30세에 중남미 최고 책임자, 34세에 북미 최고 책임자가 될 정도로 능력을 인정받았습니다. 브라질에 근무할 때 그는 다국적, 다인종의 직원들을 한 팀에 근무하게 하여 이후 cross-cultural management style이라는 그만의 독특한 다문화적 인사철학의 토대를 닦았습니다.

42세에 Renault르노 자동차의 부사장으로 스카우트되면서 그는 비용절감의 귀재라는 평을 들으며 Cost Killer라는 별명을 얻게 됩니다. Renault가 Nissan의 지분을 인수한 후 적자에 허덕이던 Nissan의 CEO가 되었고 취임한지 2년 만에 turnaround흑자전환에 성공하여 Mr. Fix It과 Turnaround Punditpundit: 전문가, 원래는 인도의 대학자이라는 별명을 추가합니다.

일벌레여서 Seven-Eleven이라는 별명도 있었고, 일본에서는 밥을 먹는 시간이 아까워 도시락을 애용했다는 것이 알려지면서 주변 레스토랑 몇 곳에서는 Carlos Ghosn Bentobento; 일본어로 도시락라는 메뉴가 생기는 해프닝도 있었습니다.

그의 어록 중에 "If you have not been a villain, you will never be a hero악당이 되어본 적이 없다면 영웅이 될 수 없다"가 있는 것으로 보아 그의 경영 스타일은 '살벌함' 그 이상임은 분명합니다. 미국 Ford사의 스카우트 제안, 레바논 정계의 대통령 출마 권유 등을 모두 뿌리치고 Renault와 Nissan에 전념하고 있는 전설적인 자동차 전문 경영인이 Carlos Ghosn입니다.

Nissan의 CEO인 Carlos Ghosn

043 Xiaomi는 unicorn, Google은 hectocorn

시가총액이 USD one billion 수준인 startup기술로 창업한 회사을 unicorn 또는 unicorn startup이라고 부릅니다. 변화무쌍한 시장환경과 치열한 경쟁에서 10억one billion 달러 이상의 가치로 성장하는 것은 매우 드문 경우여서 신화 속의 unicorn처럼 희소성이 있다는 의미입니다. 또한 unicorn의 uni가 one billion의 one을 의미하기도 합니다.

이 로직을 연장하여 decacorn은 시총이 10 billion dollars 이상인 tech firm을deca: 10을 의미, hectocorn은 시총이 100 billion dollars 이상인 tech firm을 가리킵니다hecto: 100을 의미. 시총이 각각 약 820 billion, 700 billion dollars인 Google의 지주회사 Alphabet과 Apple은 hectocorn이고, Uber나 Xiaomi는 unicorn입니다.

invisible pink unicorn은 무신론자들이 유신론자들을 비웃을 때 사용하는 우화적 도구입니다. 유신론자들이 자신이 믿는 신은 핑크색의 unicorn이라고 주장하자 무신론자들이 그 unicorn의 존재를 증명할 수 있냐고 묻습니다. 그러자 유신론자들은 "우리의 신unicorn은 invisible pink여서 우리도 볼 수 없다"라고 답합니다. 그러자 무신론자들은 "보이지 않는

다면서 핑크색인지는 어떻게 알아?"라며 그들 주장의 모순점을 비웃습니다. 신이 존재함을 증명하지도 못하면서 그 신을 믿는다는 것이 얼마나 우스운 것이냐는 조롱이었습니다. 신의 존재 여부의 증명은 그 신을 믿는 당사자들이 하는 것이지 무신론자들에게 신이 존재하지 않음을 증명하라고 억지부리면 안된다는 훈계이기도 합니다.

unicorn / decacorn

044 Silicon Valley 말고 Silicon Alley도 있다

Silicon Alley는 뉴미디어 컨텐츠 업체가 밀집된 New York의 Manhattan과 그 인근 지역의 별명입니다. San Francisco Bay의 남부에 위치한 IT hub인 Silicon Valley가 엔지니어 위주의 업무가 특징인 반면, Silicon Alley에서는 엔지니어, 방송/영화/출판 기획자와 전자상거래 관련 마케터까지 참여하는 뉴미디어 startup의 주무대입니다.

칠레 정부도 2010년부터 특정 지역에 Chilicon Valley라는 별칭을 붙여서 전 세계의 창업 기술자들을 모으고 있습니다. Start-Up Chile가 이 프로그램의 정식명칭이고 입주와 동시에 4만 달러의 funding이 되는 등 칠레 정부의 적극적인 후원을 받고 있습니다. 2012년부터 미국 정부가 Silicon Valley로 들어오는 immigrant entrepreneur이민 기업가를 제한하려는 움직임을 보이면서 IT 창업을 꿈꾸는 젊은이들이 Chilicon Valley로 더 많은 눈길을 보내고 있습니다.

그 밖에 Silicon Forest, Silicon Mountain, Silicon Gulf 등 Silicon Valley에 영향을 받은 소규모 tech hub들이 세계 여러 곳에 있습니다. Silicon Valley에서 동종 또는 유사업종끼리 경쟁하는 것을 Silicon rally라고 부릅니다rally: 구기 종목에서 서로 공을 주고받기.

045 Apple의 Macintosh는 무슨 뜻?

Apple의 Macintosh라는 브랜드는 캐나다 동부와 New England 인근에서 많이 재배되는 사과품종인 McIntosh=McIntosh Red가 원조입니다. Apple 브랜드는 Mac으로 시작하고, 사과품종은 Mc인 점이 다릅니다. Apple의 마케팅 담당 직원의 아이디어입니다.

1983년 처음에는 McIntosh로 시작했지만 1998년부터는 Macintosh로 바꾸고 줄임말로 Mac으로도 사용합니다. Mac 제품은 어려운 도스 명령어를 쓰지 않고 초보자들도 쉽게 마우스로 아이콘을 클릭하는 제품임을 강조했습니다. 그래서 일설에는 Mac이 mouse activated computer의 약자라는 것을 마케팅 포인트로 삼으려고 했다고 하는데, 그냥 호사가들이 지어낸 설인지 사실인지는 불확실합니다.

Apple 내부에서는 Mac을 meaningless acronym computer의 약자로서 아무 의미 없는 acronym이라고 조크가 있다는데, 이 또한 'made by 호사가'일 가능성이 높습니다. 참고로 영국에는 k가 포함되는 mackintosh라는 raincoat 브랜드가 있습니다. 이 역시 mac으로 줄여서 사용되고 있습니다.

001 경제/경영용어에 등장하는 다양한 동물들

M&A에서 목표기업의 주식을 시세보다 비싸게 구입하겠다는 제안을 bear hug offer라고 부릅니다. 매수자인 힘센 곰이 예상보다 강하게 안아주니 매도자는 그저 반가울 뿐입니다.

경영권 취득을 목표로 하는 hostile bidder적대적 인수 시도자를 shark라고 부르고, 이 shark를 막기 위한 회사 정관상의 각종 안전장치를 shark repellentrepellent: 퇴치제라고 부릅니다. porcupine provision고슴도치 조항이라고 부르기도 합니다. 적대적 인수 시도자가 접근하면 피인수 기업은 미리 준비한 고슴도치의 바늘로 찌른다는 뜻입니다.

모래나 풀숲에 머리를 파묻고 현실을 제대로 보지 않으려 하는 현실 도피자를 ostrich타조라고 놀립니다. 여기서 파생되어, 금융지식이 거의 없거나 더 좋은 조건의 대출이 있는지 등에 별로 신경 쓰지 않는 금융 문외한 또는 금융 게으름뱅이를 financial ostrich라고 합니다.

chicken and pig fable이라는 기업 우화도 있습니다. 아침식사의 단골 메뉴인 ham and eggs를 만들기 위해서 돼지는 목숨을 바치지만 닭은 계란을 낳는 수고를 할 뿐 목숨까지

걸지는 않습니다. 자신이 몸담은 기업이나 직접 하는 사업에 commitment헌신를 제공하려면 돼지처럼 목숨을 걸 만큼 화끈해야지 닭처럼 적당히 해서는 죽도 밥도 안된다는 교훈을 암시하는 짧은 우화입니다.

현실 도피자를 일컫는 ostrich

047 Burger King과 McDonald's의 '콜래보' 햄버거는 무슨 맛?

각국 통화의 구매력을 비교하기 위하여 경제지 <Economist>가 1986년에 고안한 간편한 기준이 Big Mac Index빅맥 지수입니다. 햄버거로 경제 현상의 일부를 바라본다고 해서 이 지수의 별명이 burgernomics입니다.

이 잡지는 2004년에 Starbucks의 메뉴인 Tall Latte를 기준으로 삼는 Tall Latte Index를 도입하기도 했습니다. 그러나 나라마다 이 상품들에 대한 인기도, 재료비, 인건비, 임대료, 세금 등이 다르기 때문에 단순 참고용 이상의 의미를 부여할 수는 없습니다.

Big Mac과 Whopper의 합성어인 McWhopper라는 표현을 들어봤나요? 2015년 가을에 Burger King이 McDonald's에 제안했던 하루짜리 합작 햄버거 캠페인이었습니다. Burger King은 New York Times 등 주요 일간지에 편지형식의 전면광고로 "한 장소에서 딱 하루만 두 회사 조리팀이 합심하여 McWhopper를 만들어 그 수익금을 기부하자"라고 제안했습니다. 편지 마지막에 "Let's end the beef, with beef소고기로 싸움을 끝내자"라는 beef를 이용한 rhyme을 쓰며 주도적이면서도 여유 있는 모습을 보이기도 했습니다.

McDonald's CEO는 Facebook으로 "그런 건 우리 브랜드만으로도 할 수 있다"고 거절하며 추신으로 "다음번엔 전화 한 통이면 충분하다"라며 신문의 전면광고는 '오버' 아니냐고 비꼬듯이 답장을 보냈습니다.

언젠가는 한 번쯤 양사 합작의 McWhopper를 맛볼 날이 있기를 기대해봅니다. 참고로 whopper는 '엄청 큰 것'이라는 뜻이 기본이지만 tall tale=fish story; 허풍, 크게 과장된 이야기이라는 뜻도 있습니다.

Burger King과 McDonald's의 하루짜리
합작 햄버거 캠페인 McWhopper

048 Where's the beef? vs. What's the beef?

Where's the beef?는 1984년 패스트푸드 체인업체인 Wendy's가 사용한 ad slogan입니다. 경쟁사인 McDonald's와 Burger King의 햄버거가 bun만 크고 patty가 작다는 점을 간파하고, 빈대떡만 하게 큰 bun과 비스킷만 한 patty를 이용한 과장법으로 경쟁사의 부실한 hamburger를 조롱했습니다.

이 광고가 빅히트를 치게 된 이후 이 slogan은 substance 알맹이 없는 아이디어나 허술한 기획안의 약점을 지적할 때 주로 다음과 같은 예문형식으로 사용되고 있습니다; Where's the beef? There's no substance in this report. 반면에 What's the beef?는 불만이 뭐냐고 묻는 겁니다. beef는 주로 grievance업무상 고충를 의미합니다. 그래서 beef session이라고 하면 회사에서 일하면서 겪는 고충사항을 주고받으며 해결을 모색하는 회의를 뜻합니다.

beef는 '근육살집, 살찌우다'라는 뜻도 있습니다. 그래서 "You need to beef up the report"는 보고서가 완벽하지 않으니 좀 더 보강해야 한다는 뜻입니다.

049 영국의 보수층을 Tory라고 부르는 이유는?

rhyme을 즐기지 않는 기자는 아마 없을 겁니다. Donald Trump의 대통령 당선을 두고 "Trump trumps Clinton"이 가장 인기 있는 헤드라인 중 하나였으니까요trump: 이기다, 해치우다. 선거에는 upset예상 밖 승리나 패배의 가능성이 항상 있는 것 같습니다.

선거 여론조사가 빗나갔을 때 가장 많이 등장하는 용어가 Bradley effect와 Shy Tory Factor입니다. 전자는 1982년 캘리포니아 주지사 선거에서 민주당의 흑인 후보인 Tom Bradley가 공화당 백인 후보에게 역전패당한 것에서 생긴 표현입니다. 백인 후보를 지지한다고 여론조사에 답하거나 공개적으로 밝히면 마치 흑인을 차별하는 racist로 찍힐 것이 염려되어 선거 당일까지 본심을 숨긴 것이 역전의 원인이라는 분석이 지배적입니다.

비슷하게 영국에서도 1992년과 2015년 총선에서 여론조사와는 다르게 보수당이 '여유 있게' 압승하는 결과가 나왔습니다. shy본심을 숨긴 Tory보수당 또는 보수층들이 선거날 '사고를 쳤다고' 해서 이 현상을 Shy Tory factor라고 부릅니다.

인간은 기본적으로 왕따와 낙인찍힘에 대한 두려움을 갖

고 있어서 본심을 숨길 수도 있다는 심리학 이론이 있는데, 이것을 spiral of silence theory라고 부릅니다spiral; 나선형 구조. Trump를 지지한다고 하면 '똘기충만'으로 찍힐 것을 염려하던 유권자들이 투표소에서 본심을 드러낸 것으로 추정됩니다.

참고로 Tory는 17세기 이후 영국의 보수적 정치파벌faction과 의원 내각제 확립 후 보수정당을 가리키는 용어입니다. 이와 반대로 진보계층과 노동자를 대변하는 정치세력은 Whig라고 불렀습니다.

shy Tory들이 모습을 드러냈던 미국 대선

050 1950년대 London Fog의 색깔은 '노리끼리'

1950년대까지도 런던 도심에서는 soft coal연탄/hard coal은 무연탄로 난방하는 주택이 대부분이었고 공장도 다르지 않았습니다. 연탄에서 나오는 황 성분과 기타 오염물질이 안개와 합쳐져서 연한 노란빛의 짙은 smog를 만들었습니다. 그래서 이 당시에 London Fog의 별명이 pea soup노란색의 완두콩 스프이었고 pea souper, London particular라고도 불렸습니다. particular는 명사로서 특정 지역의 명물이라는 뜻입니다. 노리끼리한 smog도 명물이라면 명물이었겠죠. 짜증을 내며 그냥 yellow fog라고 부르는 사람들도 있었습니다.

기록된 가장 끔찍한 London Fog는 Great Smog of 1952입니다. 며칠간의 짙은 smog로 약 12,000명이 사망한 것으로 추산되고 있습니다. 이 smog가 원인이 되어 나중에 죽은 경우도 포함한 전문기관의 추정입니다. 노벨 문학상까지 받았던 Winston Churchill은 green-yellow fog로, T.S. Elliot은 the brown fog로 묘사하는 등 문학작품에도 자주 등장하였고 어느 작품에는 'distilled from pea soup'distill: 증류하다이라는 표현도 있었습니다. 1956년의 Clean Air ActAct: 법로 석탄 사용이 제한되면서 개선의 계기가 마련됩니다.

051

음료, 칵테일, 의류로 변신한 London Fog

오염물질이 없는 London Fog는 운치와 낭만의 상징입니다. 그래서 Earl Grey tea에 milk, vanilla extract, lavender를 첨가하여 마치 뽀얀 안개를 연상하게 하는 음료를 London Fog 또는 Earl Grey Latte라고 부르고, 간혹 Vanilla Tea MistoMisto; mixed라는 뜻의 이탈리아어라고 부르기도 합니다.

Scotland에서는 Vancouver가 원조라고 생각하여 Vancouver Fog라고 부르는 경우도 있습니다. 다만 Earl Grey tea에 쓰이는 tea가 black tea홍차, green tea녹차, oolong tea우롱차로 몇 가지가 되다 보니 지역이나 가게에 따라 London Fog의 맛도 조금씩 다를 수밖에 없습니다.

London Fog는 gin을 이용한 cocktail의 이름이기도 하고 trenchcoat로 유명한 의류업체의 브랜드이기도 합니다. 이 업체는 2차 세계대전 당시 미국 해군에 방수 군복을 납품하면서 도약하기 시작했습니다. 지금은 다양한 의류를 출시하지만 초창기에 coat에 회사의 역량을 집중할 때에는 'Limit Your Exposure'가 가장 유명한 ad slogan이었습니다exposure; 노출.

052 영국에서 whisky를 'neat'로 마신다는 것은?

whisky인가 whiskey인가? 나라지역마다 표기방식이 다른데 간단하게 구별하는 요령이 있습니다. 나라지역 이름에 알파벳 e가 있으면 위스키에도 e가 있고whiskey, 나라지역 이름에 e가 없으면 위스키에도 e가 없습니다whisky.

따라서 United States, Ireland에서는 whiskey이고, Scotland, Canada, Australia에서는 whisky입니다. 그러나 제조업체의 생각이나 철학에 따라 이 요령과 반대로 표기하는 경우도 있습니다. 신문 등 활자 매체에서는 제조업체의 표기방식을 존중해주는 것을 원칙으로 하고 있습니다.

'Coffee...black, Whisky...neat'라는 광고 카피가 있는데, 영국에서 그것도 Scotch whisky 광고라는 것을 쉽게 알 수 있습니다. 일단 whiskey가 아니라 whisky이기 때문이고, 영국에서는 neat가 물을 섞지 않고 원액 그대로 마시는 straight의 의미로 쓰이기 때문입니다.

위스키에 관한 어록 중에서 다음 두 사람의 언급이 인상적이어서 소개합니다; 1) Bernard Shaw영국의 극작가 - Whisky is liquid sunshine. 2) 무라카미 하루키 - Whiskey, like a beautiful woman, demands appreciation. You gaze first, then it's time to drinkappreciation; 감상/gaze; 응시하다.

물을 섞지 않고 원액 그대로 마신다는 neat

위스키를 다양하게 마시는 방법

053 영국에서 강한 애국심은 titanium, 가짜 애국심은 plastic

plastic Briton줄여서 Brit은 영국 국적으로 올림픽 등 국제대회에 출전하지만 영국에 대한 소속감이나 애국심을 보이지 않는 귀화한 운동선수를 비하하는 표현입니다. plastic에는 '진정성이 없는, 가짜의'라는 뜻이 있기 때문에 이런 표현이 생겼습니다e.g. plastic smile; 가식적 미소.

반대로 진정한 애국심을 보이는 국민, 그중에서도 특히 군사작전 중 부상을 당한 군인에게는 titanium Brit이라는 찬사를 보내기도 합니다. 뛰어난 내식성과 강철에 맞먹는 강도를 지닌 금속인 titanium의 특성을 강한 애국심에 비유한 겁니다. 사실 plastic Brit의 원조는 가짜 아일랜드인이라는 뜻의 plastic Paddy입니다Paddy; 아일랜드인. 아일랜드 혈통이지만 아일랜드가 아닌 다른 나라 국민으로 살고 있는 아일랜드 출신 이민자들을 '본토'에 사는 아일랜드 국민들이 비하할 때 쓰는 표현이 plastic Paddy입니다. 한국으로 치면 재미교포가 plastic Korean입니다물론 이런 표현은 안 씀.

원조는 가만히 있는데 수세대를 외국 국적으로 살아온 '물 빠진 잡종' 아일랜드 이민자들이 유난스럽게 아일랜드 혈통이라고 호들갑 떠는 것에 대한 거부감에서 나온 표현입니다.

054 영국식 '능지처참' vs. 프랑스의 guillotine

체제전복 등의 대역죄를 저지른 자에게 최대한 오랫동안 고통을 느끼게 한 후 죽게 하는 것이 능지처참의 기본정신(?)입니다.

영국에도 14세기부터 약 400년간 이러한 잔인한 형벌이 공식적으로 존재했는데 그 명칭이 'hanged, drawn and quartered'입니다. hang이 교수형을 집행한다는 뜻인데 이 형벌에서는 완전히 죽이는 게 아니라 의식이 약간 남아있을 때까지 살려둡니다. draw에는 창자를 빼낸다는 뜻이 있습니다. 그러니 2단계인 drawn에서는 의식이 약간 남은 범죄자의 배를 갈라서 창자와 내장을 모두 빼내고 서비스(?)로 생식기까지 도려냅니다. 3단계인 quartered는 말 그대로 인체를 네 토막으로 자른다는 것인데 정확히는 beheading참수 후 남은 몸통을 네 토막 내는 것입니다. 그리고 후속 작업으로 이 다섯 부위를 주요 도시로 나눠 보내서 막대기에 꽂아 사람들이 보게 합니다.

반면에 프랑스의 guillotine은 범죄자의 고통과 두려움을 최소화하는 효과가 있습니다. 이 방식을 고안한 의대 교수 Guillotine도 고통의 최소화를 염두에 두고 만들었다고 밝혔습니다. 그래서 혹자는 guillotine으로 죽는 것을 painless death라고 부르기도 합니다. 프랑스 혁명 당시 guillotine의 별명은 national razor국민 면도날였습니다.

전쟁터에서도 painless death의 개념을 가진 행위가 있었습니다. 전투 중 큰 부상으로 고통스러워하는 아군이나 적군이 있을 때 그 고통을 빨리 없애기 위해 목을 자르거나 심장에 칼을 꽂는 경우가 있었는데 이것을 mercy blow 또는 mercy stroke라고 부릅니다.

영국의 'hanged, drawn and quartered'

프랑스의 guillotine

055

gentrification의 기원인 gentry는 누구?

17세기 초 영국을 기준으로 하면 nobility귀족 밑에 gentry, 그 밑에 commoners평민가 있었습니다. 귀족도 평민도 아닌, '준귀족+중인계급' 성격의 계층이 gentry입니다. gentry에는 baronet준남작, knight기사, squire향사, gentleman이 있었습니다.

gentry 중에는 토지를 소유하고 있어서 각 지방에서 '방귀 좀 뀌는' 지주들도 상당히 많았습니다. 이들을 특히 landed gentry라고 불렀는데, 바로 여기서 생긴 용어가 gentrification입니다. 구도심의 상권이 원주민들의 노력으로 활력을 얻게 되고, 이를 감지한 개발자본의 유입으로 동네가 새 단장을 하게 되지만, 그로 인해 상승한 임대료를 감당하지 못하게 된 기존의 원주민들이 쫓겨나는 전체 과정이 gentrification입니다. 이 과정에서 원주민들이 쫓겨나는 것을 displacement라고 부릅니다.

gentrification을 유발시키는 것을 gentrify, 그것을 유발시키는 사람을 gentrifier라고 부르는데, gentrifier에는 자본을 갖고 들어오는 사람들뿐만 아니라 허름한 동네였을 때 들어와 그 동네를 명물로 만들었던 소규모 자영업자들과 문화예

술인들도 포함됩니다.

displacement 현상만 안타깝게 바라보면서 gentrification을 못마땅하게 여기는 사람들도 일부 있지만, 세상 어느 도시의 재개발도 자세히 들여다보면 gentrification과 displacement가 없는 곳은 없습니다. 다만 hard가 아닌 soft displacement를 위한 법률정비는 필요합니다.

17세기 초 영국의 gentry

gentrification과 그로 인한 displacement 현상

056 Bill Gates가 영국 훈장을 받고도 Sir라는 호칭을 못 받는 이유

Order는 영국 군주monarch가 수여하는 훈장이며 일반시민에게 수여하는 Order는 5등급으로 구분됩니다. 명칭은 길어서 생략합니다.

남성이 1등급이나 2등급 Order를 받으면 knighthood기사 작위를 받는다고, 여성이 받으면 damehood라고 부릅니다. 이 경우 남성에게는 Sir, 여성에게는 Dame이라는 style을 full name 앞에 붙여서 예의를 표합니다. 예를 들어 '멘유' 감독이었던 Feruson 감독의 경우 'Sir Alexander Ferguson'으로 불립니다. Order를 받은 사람에게만 style을 붙이는 것은 아닙니다. 군주 이름 앞에 붙이는 Her Majesty나 대통령급에 자주 사용하는 His Highness 역시 style입니다.

영국에 공헌했다고 인정되는 외국인에게는 Honorary Order명예훈장가 수여됩니다. Angelina Jolie는 1등급 명예훈장을, Bill Gates는 2등급 명예훈장을 받았습니다. 명예훈장의 경우 아무리 1, 2등급의 훈장이어도 Sir나 Dame이라는 style을 이름 앞에 붙이지는 않습니다.

057 '빨간 머리 앤'의 고향은 캐나다의 Nova Scotia

캐나다 동부 해안가의 최남단에 위치한 Nova Scotia 주는 성장소설인 '빨간 머리 앤원제: Anne of Green Gables; gable은 지붕의 일부분'의 주인공인 Anne Shirley의 고향입니다. 'You needed me'와 'I just fall in love again'이라는 팝송으로 유명한 가수 Anne Murray의 고향이기도 합니다.

주민의 약 30%가 Scotland계일 정도로 Scotland 문화가 강세인 지역입니다. 라틴어인 Nova Scotia는 영어로 번역하면 New Scotland입니다. 더 정확히 말하자면 Scotia는 고대 로마인들이 현재의 Scotland 지역과 Ireland 섬을 합쳐서 부르던 지명입니다.

17~18세기에 Nova Scotia와 그 주변 지역에는 영국계 이주민들Scotland계 포함과 프랑스계 이주민들이 각각 정착촌을 이루며 살고 있었습니다. 당연히 이 두 집단 간에 갈등이 있었고, 결정적으로 영국 왕과 영국군이 이 지역의 군사적 가치에 주목하면서 결국 전쟁이 발생했습니다. 영국계에 밀린 프랑스계 이주민들인 Cadien또 다른 명칭은 Arcadian들은 1755년부터 10여 년에 걸쳐 현재 미국의 동북부인 Maine과 New Hampshire 지역으로 쫓겨났습니다. 이것을 the Expulsion of the Arcadiansexpulsion: 추방 또는 Great Expulsion이라고 부릅니다.

이곳에서도 영국계가 영국 왕에게 충성하라고 지속적으로 압력을 가하자, Cadien들은 다시 방랑길에 오르고 흘러흘러 남부인 Louisiana에 정착합니다. 이들이 그 유명한 Cajun발음: 케이젼인데, Cadien이 조금씩 변해서 Cajun이 된 것으로 추정됩니다.

캐나다의 Nova Scotia 주

소설 <Anne of Green Gables>

058 11월 11일은 빼빼로 데이? 영미권에서는 엄숙한 날

1918년 11월 11일 오전 11시는 1차 세계대전 종전이 발효되는 시각이었고 그래서 이날을 Armistice Dayarmistice; 휴전 또는 종전, 평화협정은 아님라고 불렀습니다. 그러나 불행히도 또 한 번의 세계대전이 있었고, 2차 세계대전 이후에는 이 두 세계대전의 전사자들을 합쳐서 추념하기 위해 영국, 호주, 뉴질랜드, 캐나다 등 주로 영연방 국가에서는 11월 11일을 Remembrance Day라고 부르며 공식행사를 가집니다.

캐나다의 경우만 주별로 공휴일이기도 아니기도 하고, 나머지 영연방 국가에서는 공휴일이 아닙니다. 그래서 민간인들이 기념행사에 많이 참여하지는 않고, 대신 영국에서는 11월 11일에 가까운 일요일을 Remembrance Sunday라고 부르며 일반시민들이 참여하며 각종 행사를 가집니다. 영국과 캐나다에는 이날이 한국식의 '현충일'입니다. 별도로 순국한 자국 군인들을 추념하는 날은 없습니다.

미국에서 11월 11일은 Veterans Day재향군인의 날라는 공휴일입니다. 하지만 미국의 '현충일'은 Memorial Day라고 따로 있습니다5월 마지막 월요일, 공휴일. 남북전쟁 때 죽은 군인들을 기리던 Decoration Day가 원조입니다.

호주와 뉴질랜드의 '현충일'은 ANZAC Day입니다4월 25일, 공휴일. ANZAC은 Australia New Zealand Army Corps의 acronym입니다corps; 군단. 참고로 이런 추념일에 자주 쓰이는 문구로는 We will remember them, remembering the fallen, lest we forgetlest; ~하지 않도록 등이 있습니다. 모두 다 유명 시인들의 시에서 가져온 표현들입니다.

Remembrance Day에 추념하는 시민들

059 Scotland의 상징인 Lion Rampant

사자, 그것도 사람처럼 일어서서 두 앞발을 사납게 휘두르는듯한 사자의 profile옆모습을 Lion Rampant라고 부릅니다. Peugeot푸조 자동차의 사자로고가 대표적인 Lion rampant입니다. rampant는 '사나운, 미쳐 날뛰는'과 '사자가 일어서서 공격적인 자세를 취하는'이라는 두 가지 뜻이 있는데, 두 뜻은 사실상 일맥상통합니다.

13세기 스코틀랜드의 왕인 King Alexander가 Lion Rampant를 heraldry문장, 군사적 상징물로 사용한 기록이 있으며, 요즘은 스코틀랜드의 비공식적 상징물로 인식되고 있습니다. 참고로 공식 상징물은 파란 바탕에 흰색 saltireX자 모양의 십자가가 그려진 깃발과 동물로는 unicorn입니다. 노란 바탕에 빨간 Lion Rampant가 있는 깃발을 Royal Flag of Scotland라고 부르며, Scottish pride의 상징으로 여겨서 축구경기에서 응원용 미니 깃발로도 사용됩니다.

Scottish Football Association스코틀랜드 축구협회의 로고에도 Lion Rampant가 있습니다. 다만 현재 스코틀랜드가 United Kingdom에 소속되어 있어서 스포츠에서 쓰이는 것은 허용되지만 단체가 게양하거나 개인이 스포츠 이외의 다른 목적으로 사용하는 것은 암묵적으로 금지되어 있습니다. 영국 군주의 깃발인 Royal Standard에도 Lion Rampant가 등장합니다.

스코틀랜드의 비공식적 상징물 unicorn

Royal Flag of Scotland

060 영국 군주의 Royal Standard는 조기로 걸리지 않는다

영국 군주의 깃발인 Royal Standard의 네 가지 상징물은 England, Wales, Scotland, Northern Ireland1937년 이전에는 Ireland 전체를 의미합니다.

깃발의 좌상과 우하에는 노란 사자gold lion 세 마리가 걸어가는 모습으로 나오는데, 이런 사자의 모습을 Lion Passant라고 부릅니다. passant는 passing을 뜻하는 프랑스어입니다. 각각 England와 Wales를 상징합니다.

우상에 있는 Lion Rampant는 Scotland, 좌하에 있는 악기 harp는 Ireland를 의미합니다. 16세기에 영국의 헨리 8세가 Ireland를 침공하기 오래전부터 harp는 Ireland의 상징이었습니다. green, white, orange로 구성되어 있는 현재의 Ireland 국기가 있기 전에는, 즉 영국에서 독립한 1937년 이전에는 초록 바탕에 harp가 그려진 Green Flag를 사용했었고, 알다시피 Guinness 맥주의 로고에도 harp가 사용되고 있습니다.

영국 여왕이 어디를 가든 여왕이 머무르는 곳에는 Royal Standard가 게양됩니다심지어 비행기에도. 또한 아무리 슬픈 사건이 일어나도 절대로 half mast조기로 게양되지 않습니다. 불미스러운 사건이 발생하면 Union Jack영국 국기을 대타로 내세워 조기로 게양합니다. Diana 왕세자비가 사망했을 때에도, 9/11 테러가 났을 때에도 Union Jack이 Royal Standard를 대신했습니다.

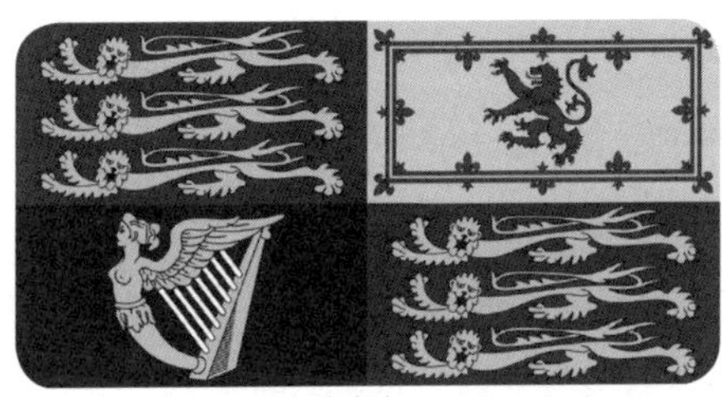

영국 군주의 깃발인 Royal Standard

061 대통령 인장에도 재수 있고 없는 방향이 있다

방패와 인장또는 문장에도 당연히 왼쪽과 오른쪽이 있습니다. 단, 방패를 바라보는 사람이 아니라 방패를 들고 있는 사람 기준으로 왼쪽이고 오른쪽입니다. 왼쪽을 sinister side, 오른쪽을 dexter side라고 부릅니다. 그러므로 바라보는 사람에게는 방패의 오른쪽이 sinister side가 됩니다.

sinister는 '사악한, 불길한'이라는 뜻이고, dextrous는 '솜씨 좋은능수능란한, 오른손잡이의'라는 뜻입니다. 동서고금을 막론하고 왼쪽은 재수 없거나 상서롭지 않은 방향이었습니다. 일반적으로 방패의 문양은 좌우가 대칭적이지만, 간혹 왼쪽과 오른쪽의 상징물이 다른 것도 있습니다. 이 경우에는 sinister에 상대적으로 더 상서롭지 못한 것을, dexter에는 상대적으로 더 명예롭고 길한 것을 배치합니다. 그래서 dexter side의 별칭이 the side of greater honor입니다.

비단 방패뿐만 아니라 seal인장, 옥새에도 이 원칙은 적용됩니다. 예를 들어 미국의 Presidential Seal에는 bald eagle흰머리수리이 오른발로는 olive branch평화의 상징를, 왼발로는 화살 다발무력을 상징을 잡고 있습니다. olive branch를 greater honor로 본 것입니다.

세탁소 이름이 Dexter laundry이고 범죄 드라마에서 유능한 수사관 이름이 Dexter라면 다 이유가 있는 겁니다.

미국의 Presidential Seal

코인세탁 장비 전문 업체 Dexter laundry

062 Scotland에서 벌어진 lion과 unicorn의 자리다툼

영국왕실의 문장인 Royal coat of arms의 dexter에는 lion, sinister에는 unicorn이 있습니다. lion은 England를, unicorn은 Scotland를 상징합니다. 전통적으로 dexter를 sinister보다 우월한 방향으로 보기 때문에 lion이 dexter에 위치하고 있습니다. 그러나 자존심 강한 Scotland인들이 '이 꼴'을 그대로 두고 볼 리 없습니다.

Scotland의 수도 Edinburgh에 위치한 Scotland Office는 Scotland 관련 업무를 총지휘하고 관리하는, 장관급이 수장으로 있는 정부기관입니다. 중앙정부의 다른 기관들과 마찬가지로 이 기관에서도 Royal coat of arms를 사용하는데 lion과 unicorn의 위치가 바뀌어 있습니다. Scotland의 상징인 unicorn을 dexter에 모셔두고 있는 겁니다.

unicorn 신화와 그 모양의 원조는 Indus 문명과 Persia로 알려져 있는데, 세월이 흐르며 영국 섬에까지 전해져 12세기에는 Scotland 왕의 방패에, 13세기에는 동전에까지 사용되었습니다. 그 이후 unicorn은 Scotland의 상징이 되었고, England의 lion, Wales의 dragon보통 Welsh Dragon으로 부름과 함께 Queen's Beasts라고 불립니다. 군주monarch가 남성일 때에는 King's Beasts라고 부릅니다.

UK의 또 다른 멤버인 그리고 멤버였던 Ireland가 빠졌네요. Ireland의 상징은 동물이 아닌 악기 harp입니다.

lion과 unicorn의 위치가 바뀌어 있는
Scotland의 Royal coat of arms

Scotland에서는 나라의 상징인 unicorn을
dexter에 모셔두고 있다

063 Charles Darwin을 '쉴드'한 Darwin's Bulldog의 정체는?

사회가 정서적으로 받아들이기 힘든 학설이나 주장을 힐 때는 끝까지 함께 할 응원군이 있으면 큰 힘이 됩니다. Charles Darwin의 진화론은 비단 종교계뿐만 아니라 사회 각 분야에서 심한 비난과 반발에 부딪혔습니다. 어떤 잡지는 오랑우탄 몸에 다윈의 얼굴을 붙인 caricature를 표지에 내면서 venerable Orangutan존경하는 오랑우탄 선생님이라고 조롱하기도 했습니다.

이런 분위기에서 Darwin보다 16년 후배인 생물학자 Thomas Huxley는 선배인 Darwin을 '쉴드'하기 위해 모든 노력을 다합니다. Darwinism이라는 용어도 그가 직접 만들었고 자칭반 타칭반으로 그의 별명은 Darwin's Bulldog이었습니다.

요즘은 '이기적 유전자', '눈먼 시계공' 등의 책으로 유명한 영국의 진화생물학자 Richard Dawkins가 Thomas Huxley의 바통을 이어받는 것 같습니다. 특히 The Blind Watchmaker눈먼 시계공라는 책 제목은 거의 일반명사화되어서 Divine Creator조물주로서의 신나 Intellectual Designer지적 설계자 등 창조론의 주인공과 대척점에 서는 단어가 되었습니다.

Dawkins의 주장은 다음 두 가지가 핵심입니다; 1) 진화는 조물주가 사전에 정밀하게 계획해서 이루어진 것이 아니라 생존을 위한 투쟁, 포식자와 피식자 사이의 군비경쟁의 산물이다. 2) 100번 양보해서 설령 시계공조물주에 비유이 있다고 해도 그는 앞이 안보여서정밀한 계획은 불가능함을 의미 의미 있는 역할을 할 수 없었다.

Thomas Huxley

Richard Dawkins

064 sexual selection과 lookism은 일맥상통

진화와 관련된 Charles Darwin의 세 가지 selection은 natural selection, sexual selection, artificial selection입니다. Darwin이 진화의 가장 큰 동력으로 봤고 한때 자연도태로 번역되었던 것이 natural selection자연선택입니다. 생존을 위해서 주위환경에 맞는 형질을 선택하게 된다는 것이 자연선택의 핵심입니다.

이것만으로 설명되지 않는 것이 대표적으로 수사자의 갈기털입니다. 암컷보다 둔한 몸에 갈기털은 사냥에 방해되기에 natural selection으로는 설명이 안 됩니다. 그래서 나온 설명이 sexual selection입니다. 암컷을 유혹하기 위하여 다른 수컷보다 튀어 보이는 갈기털이 발달했다는 주장입니다.

Darwin에 따르면 natural selection은 생존이 목적이고, sexual selection은 번식이 목적입니다. 이것을 요즘의 lookism외모 지상주의과 연결짓는 이들도 있습니다. 이성에게 나를 성적으로sexually '마케팅'하여 선택받으려고 외모에 대한 관심과 집착이 생겼다는 주장입니다.

artificial selection의 대표적 사례는 무수히 다양한 개의 종류입니다. 인위적으로 인간이 개입하지 않으면 불가능할 정도의 다양성입니다. 혹자들은 artificial selection을 arranged marriage정략결혼에 비유합니다. 나와 상대방의 재산, 사회적 영향력 등을 정밀하게 계산하는 부분을 artificial로 여깁니다. 배우자 또는 사돈을 정하는 것이 다른 형질의 개들을 인위적으로 교미시켜 내가 기대하는 '용도와 외모'의 개를 얻으려는 것과 크게 다르지 않다고 보는 겁니다.

sexual selection

065 학자들의 '한자 문화권' 번역

아시아에 관심 없는 평범한 서양인이 한자 문화권이라는 개념을 알 리가 없습니다. 그냥 지리적 개념으로 East Asia, Far East 정도만 알겠죠.

하지만 아시아에, 그것도 동아시아에 관심 있는 서양인이나 전문가라면 한자 문화권이라는 개념으로 다음 다섯 가지 표현 중 하나를 들어본 적이 있을 겁니다; East Asian cultural sphere, Chinese cultural sphere, Sinosphere, Sinic world, Confucian world. Sino는 중국을 뜻하는 접두어 또는 연결어이고, Sinic은 Sino의 형용사입니다. 드물지만 어떤 이들은 China, Japan, Korea, Vietnam의 이니셜만 사용해서 CJKV culture라고 부르기도 합니다. 또한 개인에 따라 Mongolia를 포함하기도 안 하기도 합니다.

19세기 초 영국의 역사학자인 Arnold Toynbee는 Far Eastern civilization이라는 표현을 썼고, '문명의 충돌'이라는 책의 저자인 Samuel Huntington미국의 정치학자은 Confucian civilization을, 나중에는 Sinic civilization이라는 표현을 썼습니다. 학자들의 경우 culture 대신 civilization을 쓰는 것이 눈에 들어옵니다.

civilization은 단순히 물질적, 기계적인 측면만이 아닌 'legal, political and religious aspects'도 포함하는 포괄적인 개념입니다.

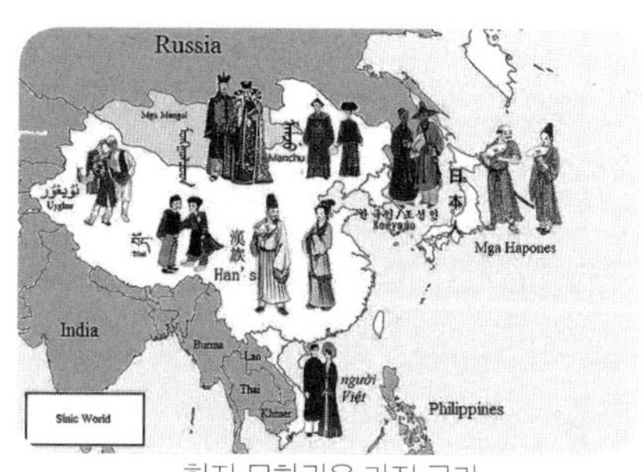

한자 문화권을 가진 국가

CJKV culture

066 영국과 미국에서는 Asian의 개념이 다르다

Oxford Dictionaries에 나오는 Asian의 정의를 핵심을 살리기 위해 약간 변형서 옮겨보았습니다. ; In Britain, Asian is people from India, Pakistan, or elsewhere in South Asia, while in North America, it means people from China, Japan and other countries of East Asia.

Asian에 대한 영국과 미국의 이런 인식 차이는 영국이 인도와 그 주변 국가들에 미쳐온 영향력이 미국에 비하여 훨씬 컸기 때문입니다. 사전의 정의뿐만 아니라 2011년 인구 센서스에서 ethnicity출신 민족를 묻는 말에서도 Asian의 개념을 어렵지 않게 짐작할 수 있습니다.

Asian 출신 영국인은 Indian, Pakistani, Bangladeshi, Chinese, any other Asian이라는 다섯 개의 선택항목에서 하나를 선택하도록 되어있습니다. 중국인과 기타 동아시아인은 기타 아시아인으로 분류되는 느낌입니다. 영국 사회학회에서는 인도인과 인도 인근 나라 사람을 지칭할 경우에 South Asian을 쓰라고 권고하고 있지만 오래된 관행은 바뀌지 않고 있습니다.

Asian이라는 단어가 들어가는 위치도 약간 다릅니다. 영국에서는 British Asian과 Asian British=Asian Briton를 섞어 쓰고물론 전자를 더 많이 사용, 미국에서는 Asian American 하나로만 부릅니다.

067 Quebecker의 정체성은 Quiet Revolution에서 시작되었다

Quebecer 또는 Quebecker프랑스어로는 Quebecois는 단순히 Canada의 Quebec주 거주자라는 지리적 개념만 의미하는 것이 아닌, 조상 대대로 프랑스 혈통이며ethnic French francophonic인 것에 대한 자부심도 포함합니다.

francophonic이란 프랑스어를 포함하여 2개 국어 이상이 공용어인 나라에서 프랑스어를 제1 언어로 사용한다는 의미의 형용사로서 단순히 'French-speaking'과는 다른 개념입니다. 1960년대 이전에는 영어를 쓰는 Canadian은 Anglo-Canadian 또는 English Canadian이라고, 프랑스어를 쓰는 Canadian은 French Canadian이라고 불렀지만 Quebecer라는 표현은 거의 쓰지 않았습니다.

1960년 Quebec 주에서 Quiet Revolution이라는 명칭으로 French Canadian들의 정체성 자각운동이 시작되면서 프랑스어와 프랑스 문화의 보존, Anglo-Canadian과 동등한 수준의 평등권 확보 등 여러 방면에서 많은 변화를 모색하게 됩니다. 이러한 움직임은 French Canadian이 전반적으로 Anglo-Canadian에게 밀린다는 초조함이 크게 작용했습니다.

068 lily는 프랑스, rose는 England를 상징한다

Quebeker들은 대부분 자동차 번호판에 'Je me souviens영어로는 I remember'라는 Quebec motto를 포함시킵니다.

Quebec의 coat of arms문장를 만든 Eugène Taché라는 French Canadian이 영국 식민지 시절에 쓴참고; Canada는 1867년에 독립 다음 시에서 'I remember'라는 문구만 대표로 발췌한 것입니다. 물론 시의 원문은 프랑스어입니다; I remember that "born under the lily, I grow under the rose." 프랑스 혈통으로 태어나born under the lily 영국 통치하에 살고 있음을grow under the rose 명심하겠다고 해석됩니다.

lily백합는 프랑스 왕가의 문장으로 사용되는 상징물이며, rose는 15세기 말부터 시작된 영국 Tudor 왕조의 상징물이었고 지금도 여전히 England의 상징물입니다. 참고로 Scotland를 상징하는 식물은 thistle엉겅퀴, Wales와 Northern Ireland의 경우에는 각각 daffodil수선화과 shamrock clover입니다.

069 white는 프랑스 왕가의 대표색

프랑스 국기의 blue, white, red를 French Tricolor라고 부릅니다. 이중 blue와 red는 프랑스 혁명 이전부터 파리시의 상징색이었습니다. 그래서 혁명 당시 바스티유 감옥을 습격한 파리 민병대원들의 모자에도 blue와 red로 된 인식표를 붙였습니다. 혁명 이후 민병대가 National Guard사실상의 국군로 개편된 후 white가 추가된 blue, white, red가 National Guard의 상징색과 깃발이 되었고, 이것이 현재 프랑스 국기의 원형입니다.

그런데 white는 왜 추가된걸까요? white는 전통적으로 프랑스 왕실의 색상이었습니다. 그래서 그 별명도 ancient French color입니다. 프랑스 혁명에서 민병대가 주도 세력으로서 부르봉 왕조를 붕괴시켰지만, 그렇다고 오랫동안 이어져 온 프랑스의 역사와 전통을 부인하는 것은 아니라는 의미로 white를 추가한 것입니다.

혁명 이후 왕조복원을 목표로 했던 Royalists왕당파의 깃발도 백색기였습니다. 프랑스의 전통과 정신을 이어받고 있다는 캐나다의 퀘벡 주의 깃발에 boy scout logo와 거의 같은 white lily백합도 프랑스 왕실을 의미 문양이 있는 것도 프랑스 왕실과 관련 있습니다. 집권층이나 우파 세력에 의한 암살과 폭력 행위를 white terror백색테러라고 부르는 것의 원조가 바로 ancient French color입니다.

퀘벡만큼은 아니지만 프랑스의 역사와 흔적을 품고 있는 또 다른 곳이 미국의 Louisiana 주입니다. 이 주의 깃발에는 펠리칸이 있는데, 어미새의 날갯짓하는 모습과 새끼새들의 모습이 전체적인 윤곽선으로 볼 때 white lily 문양을 연상하도록 디자인되었다고 해석하는 사람들도 많습니다.

French Tricolor

white lily 문양이 있는 boy scout logo

070 '자유, 평등, 박애'? 일본에서 오역된 불량품

프랑스 혁명의 3대 정신을 '자유, 평등, 박애'라고 하는데, 박애는 명백한 오역입니다. 영어로는 'Liberty, Equality, Fraternity'이며 Fraternity프랑스어로는 Fraternité는 '동지애, 단합'으로 번역하는 것이 합당합니다.

19세기 말과 20세기 초의 조선인은 일제 강점기에 일본을 통해 영어와 다른 외국어를 본격적으로 접하게 되었는데, 박애라는 오역은 우리말의 번역이 문제가 아니라 애초에 일본에서 오역된 것입니다. philanthropy가 제대로 된 박애라는 뜻입니다.

'Liberty, Equality, Fraternity'라는 구호는 프랑스 혁명 당시에는 떠도는 여러 구호 중 하나에 불과했습니다. 19세기 말 제3공화국 시절에 공식적으로 프랑스의 national motto로 자리 잡았고 1958년에는 프랑스 헌법에도 들어갑니다.

프랑스 혁명 당시 Paris와 London을 소재로 한 소설인 'A Tale of Two Cities두 도시 이야기'에서 작가인 Charles Dickens는 이 motto를 빌려 쓰며 단두대의 처형식을 다음과 같이 묘사합니다; Liberty, equality, fraternity or death - the last, much the easiest to bestow, or Guillotine!bestow: 주다, 수여하다.

해석하면 '자유, 평등, 동지애, 죽음 - 이 중에 민중이 바칠 수 있는 가장 쉬운 것은 마지막 것인 죽음 즉 길로틴이었다'입니다. 그만큼 자유, 평등, 동지애를 얻으려다 단두대에 목숨을 잃은 민초들이 많았다는 뜻입니다.

Charles Dickens의 소설 <Tale of Two Cities>

071 Kiwi와 kiwi의 두 가지 차이점

대문자 K를 쓰는 Kiwi는 뉴질랜드인이고 소문자 k의 kiwi는 뉴질랜드의 토종 조류인 kiwi bird입니다. 이것이 첫 번째 차이이고 두 번째 차이는 Kiwi의 복수형은 Kiwis이지만 kiwi의 복수형은 그냥 kiwi라는 점입니다. 그래서 kiwi를 보호하자는 캠페인 구호 중 하나가 'Kiwis saving kiwi'입니다.

그러면 조류 kiwi와 과일 kiwi는 어떻게 구별할까요? 뉴질랜드인들이 kiwi라고 하면 십중팔구 kiwi bird를 의미합니다. 과일 kiwi는 kiwifruit라고 부릅니다. 유명한 키위 협동조합 브랜드인 Zespri의 logo에도 kiwifruit라는 표현이 있는 것을 확인할 수 있습니다.

kiwifruit의 원산지는 중국 남부입니다. 지금도 전세계 생산량의 절반 이상이 중국에서 나옵니다. 그래서 서양에 처음 알려진 키위의 명칭은 Chinese gooseberry입니다. kiwifruit와 gooseberry의 모양은 다르지만 맛이 비슷하다고 해서 그렇게 소개되었습니다.

뉴질랜드로 상업용 씨앗이 들어온 이후 1960년대 말부터 본격적으로 수확을 한 후 미국과 유럽으로 수출을 하게 되는데, 당시는 냉전 시대여서 Chinese gooseberry에서

Chinese라는 수식어가 공산주의를 암시하여 마케팅에 걸림돌이 되었습니다. 이런저런 대체명칭을 찾다가 kiwi bird에서 힌트를 얻어 kiwifruit가 되었습니다.

gooseberry와 관련된 idiom 중에 born under a gooseberry bush구스베리 숲 속에서 태어나다라는 표현이 있습니다. gooseberry bush가 여성의 음모를 의미하는데, 이 idiom은 아이가 엄마에게 "아기는 어디서 태어나요?"라고 물어볼 때 엄마가 적당히 둘러대며 대답하는 옛날식 표현입니다. 우리말 "다리 밑에서 주워왔다"와 비슷합니다.

kiwi bird

kiwi를 보호하자는 캠페인 구호 중 하나인
'Kiwis saving kiwi'

072 애국심에 호소할 때에는 '성조기, 엄마, 야구'면 충분

'as American as apple pie'가 '가장 미국적인, 미국적 가치관에 부합하는'을 의미하는 것은 잘 알려져 있습니다. 이 표현을 더 강조하고 싶을 때는 apple pie 앞에 flag, mom, baseball을 추가하여 'as American as flag, mom, baseball and apple pieapple pie는 항상 마지막에 위치'라고 합니다. 약간 격식을 갖추려면 mom을 motherhood로 바꾸면 됩니다.

Chevrolet 자동차의 광고음악에서도 애국심, '국산'임을 강조할 의도로 'baseball, hot dogs, apple pie and Chevrolet'이라는 가사가 등장하기도 했습니다. 특히 정치인이 이 표현을 쓰는 것은 대중설득이 주목적입니다. 'Like motherhood and apple pies'라고 운을 떼는 것은 자신이 하는 말은 국가와 국민을 위하는 진정성을 담고 있으니 꼭 믿어달라는 당부의 신호입니다. 토론할 때에도 자기 의견을 말한 후 마지막에 'It is flag, mom and apple pie'라고 말합니다.

'Somethingsomeone has acquired the status of mom and apple pie'도 자주 쓰이는 포맷입니다acquire: 습득하다/status: 지위. 어느 배우가 '국민배우'급이라면 something 자리에 배우 이름을 넣으면 됩니다.

073 Donald Trump hairstyle의 두 가지 특징

Trump 대통령을 포함한 '탈모인'들은 탈모 부위를 그나마 남아있는 머리카락으로 커버하려는 hairstyle을 선호합니다. 그런 hairstyle을 comb over라고 부릅니다. 특히 Trump의 경우 part가르마가 윗머리 쪽이 아닌 귀 바로 위에 있는데 이런 가르마를 하면 side-parted라고 합니다. 정리하면 Trump의 hairstyle은 side-parted comb over입니다.

일에 집중하려는 여성 정치인들은 손이 덜 가는 bob단발을 많이 합니다. 다만 소녀 같은 투박함을 피하려고 posh bob hairstyleposh; 세련된로 약간의 멋과 엣지를 추가합니다. 이런 posh bob을 합성하여 pob라고 부르기도 합니다. 반면에 고전적 아름다움을 위하여 updo올림머리 hairstyle을 고집하는 어느 여성 대통령도 있습니다. 유지관리에 시간이 많이 소요되기 때문에 공무에 어느 정도 지장을 주는 것은 각오해야 합니다.

직장인의 전형적이고 단정한 hairstyle은 regular haircut, 이보다 약간 짧은 '범생이' 스타일은 Ivy League haircut 또는 Harvard clip이라고 부릅니다. Harvard clip에서 옆머리를 기계로 밀면 crew cut=G.I. haircut입니다.

미인대회에 나가는 여성들의 '후까시'가 잔뜩 들어간 일명 '사자머리'는 big hair라고 하는데, 특히 곱슬머리인 흑인 여성의 big hair는 Afro big hair라고 부릅니다. 수십 개의 작은 braid땋은 머리가 특징인 '레게머리'는 braid 하나하나가 옥수수 알갱이를 닮았다고 cornrows라고 부릅니다row: 줄, 행.

Trump의 hairstyle은 side-parted comb over

074 What is Cadillac tax?

Cadillac tax는 GM의 고급 자동차 브랜드인 Cadillac의 상징성을 빌려 쓴 말입니다. 고용주가 주는 보조금으로 고액 민영 건강보험보통 월 100만원에서 250만원을 납입하는 상품에 가입할 경우 부과되는 세금입니다.

이런 보험의 별명도 Cadillac insurance plan. 월 20~30만원의 가장 저렴한 건강보험에도 가입하지 못하는 국민이 3,000만 명 이상인 미국에서 이런 보험은 사치품이라는 것이 과세당국의 시각입니다. 모든 법적인 절차가 완료되어 2018년에 시행될 예정입니다.

sin tax는 술, 담배, 도박, 탄산음료, 패스트푸드 등 몸과 정신에 안좋은 영향을 주는 품목에 대하여 부과하는 세금이고, 특히 탄산음료와 패스트푸드에 부과할 경우 각각 soda tax, fat tax라고 합니다.

인두세라도 불리는 head tax=poll tax를 들어봤나요? 단지 그 나라 국민이고 그 지역 주민이라는 이유로 부과되는 세금입니다. 영국에서는 1990년에 인두세에 반대하는 시위와 폭동까지 일어나서 당시 대처 총리가 그 해 사임하는 데에 영향을 미치기까지 했습니다. 우리나라의 주민세도 인두세의 성격이 강합니다.

남북전쟁 이후에 미국에 잠시 있었던 투표세인 poll tax는 인두세라기보다는 돈 없는 흑인들을 투표장에 못 나오게 하려는 교묘한 인종차별 정책 중 하나였습니다.

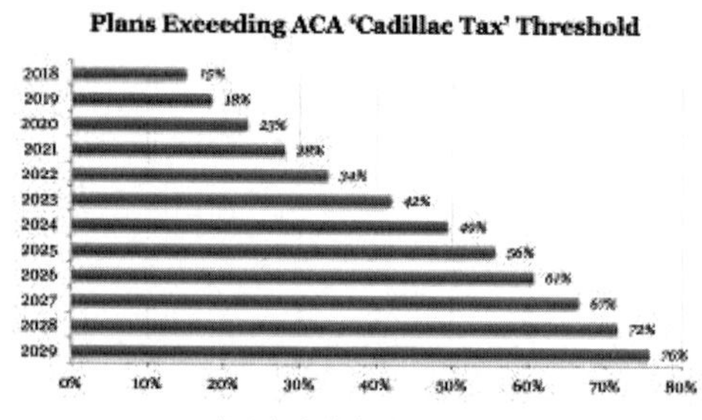

2018년부터 시행될 예정인 Cadillac tax

075 Finlandization은 생존을 위한 강대국 눈치보기

강대국과 국경선을 공유하면 약소국은 부득이하게 low profile눈치보기+저자세 외교전략을 쓸 수밖에 없습니다. 대표적인 사례가 Finlandization입니다. Russia와 국경을 맞대고 있는 Finland의 살아남기 위한 종속적 외교노선을 이렇게 부릅니다.

Finland는 1939년~40년에 winter war로 Russia와 한 번 '맞짱뜬' 적이 있지만, 그 전쟁으로 Finland는 영토의 11%를 Russia에 할양하는 굴욕을 당했고, 그 이후 지금까지 Finlandization은 Finland의 대Russia 외교의 기본값이 되었습니다. 'to become like Finland'도 Finlandization과 비슷한 의미로 사용됩니다. 중국의 눈치를 볼 수밖에 없는 Taiwan을 향해 Finlandization of Taiwan이라는 표현을 쓰는 평론가들도 있습니다.

발칸반도로 눈을 돌리면 Balkanization이란 표현이 등장합니다. 발칸반도에 있는 여러 나라의 분열과 적대적 관계를 Balkanization이라고 부릅니다. 슬로베니아, 세르비아, 보스니아-헤르체고비나, 코소보, 마케도니아, 알바니아 등…. 이런 나라의 이름만 들어도 발칸반도가 얼마나 골치 아픈 곳인지 짐작이 갈 겁니다.

미국이 베트남에서 굴욕당하며 생긴 표현으로는 Vietnamization이 있습니다. 미국은 북베트남과 베트콩이 만만치 않음을 깨닫고 1968년부터 단계적으로 철군 계획을 짜게 됩니다. 이 과정을 Vietnamization이라고 부르는데, 좀 더 구체적으로는 '남베트남 군대에 무기와 군사훈련 제공, 미군의 전투참여를 남베트남 군대로 점진적 대체, 미지상군의 완전한 철수'입니다.

Russia와 국경을 맞대고 있는 Finland

076 Japanization의 세 가지 의미

Japanization의 직역은 '일본화'이지만, 그 구체적 의미는 상황에 따라 다음 세 가지 중 하나입니다.

첫째는 경제용어로서의 일본화입니다. 미국과 유럽경제가 최근 20년간 일본경제의 특징이었던 장기 불황의 패턴을 닮아가는 트렌드를 가리킵니다. 90년대부터 시작된 일본의 이러한 장기간의 성장률 정체를 the two lost decades잃어버린 20년라고 부릅니다.

Japanization의 두 번째 의미는 일본 대중문화의 세계진출과 그 인기입니다. 유사어로 Japanification이 있습니다. 일본 대중문화의 특징은 몇 가지가 있겠지만 서구인들에게 익숙한 특징으로 kawaii culture가 있습니다. kawaii는 귀엽다는 의미의 일본어 형용사 '카와이'를 영어로 옮긴 표현입니다. 애니메이션, 문구류, 걸그룹 패션 등 거의 모든 분야가 '귀여움 극대화' 컨셉트로 나아가고 있으며 이러한 컨셉트의 제품을 kawaii goods, kawaii merchandise라고 부르기도 합니다.

세 번째 의미의 Japanization은 2차 세계대전 당시에 일본이 피점령국에 강요했던 일본식 제도의 도입입니다. 우리나라의 경우 창씨개명도 그중 하나라고 볼 수 있습니다.

077 중국에게 눈엣가시인 Taiwanization

대만은 중국본토의 부속물이 아니라 대만 자체로 독립된 문화이며 국가라는 정체성 선명화 운동이 대만본토화 운동대만 자체가 본토라는 개념입니다. 그리고 이것을 영어로 번역한 것이 Taiwanization입니다. 당연히 중국의 One-China policy와 정면충돌하는 개념입니다.

티벳, 조선족, 대만 원주민 등 한족이 아닌 중국인들도 한족과 함께 중국인으로서 자긍심을 갖고 단합에 앞장서야 한다는 개념이 SinicizationSini, Sino는 중국을 의미인데, 이 개념도 역시 Taiwanization과 부딪칩니다. Sinicization에 반기를 드는 개념과 운동을 De-Sinicization이라고 부르는데 Taiwanization도 그 개념에 포함된다고 볼 수 있습니다.

중국과 대만의 외교적 명칭을 acronym으로 표기하면 각각 PRCPeople's Republic of China; 중화인민공화국와 ROCRepublic of China; 중화민국입니다. 그러나 One-China policy에 의해 PRC가 밀고 있는 대만의 영어표기는 Taiwan Province이고Province; 중국의 행정단위인 '성', Taiwan government가 아닌 Taiwan authoritiesauthorities; 당국입니다.

올림픽, 아시안 게임 등 국제대회에 출전할 때에는 한술 더 떠서 China는 금기어가 되었고 정체성이 모호한 Chinese Taipei Taipei; 대만의 수도가 ROC를 대신하도록 강요된(?) 합의가 되어있는 실정입니다. PRC 입장에서는 각종 대회에서 PRC와 ROC가 동시에 쓰이면 어쨌든 China라는 표현이 두 번 등장하는 것이고, 이것은 One-China policy에 손상을 주는 행위라고 보는 겁니다.

대만의 정체성 선명화 운동인 Taiwanization

078

Strange Fruit는 세상에서 가장 '슬픈' 과일

1930년 여름 미국 인디애나 주에서 백인 남성을 살인하고 그의 '여친'을 강간했다는 혐의로 흑인 세 명이 체포되었습니다. 이 소식을 들은 인근의 백인 주민들은 흥분하여 다음 날 경찰서 유치장을 습격했습니다. 경찰의 묵인 혹은 수동적 협조하에 그들은 흑인 세 명을 끌어내어 구타하고 두 명을 나무에 매달아 죽입니다.

나무에 매달려 축 늘어져 있는 두 흑인 시신의 사진을 본 Meeropol이라는 교사이자 작사가는 그들의 모습이 마치 그 나무에 열린 열매 같다는 느낌을 받고 'Southern trees bear a strange fruit남부의 나무에는 이상한 열매가 맺지'로 시작하는 'Strange Fruit'라는 제목의 시를 짓습니다. 흑인차별에 항의하는 일종의 저항시입니다.

1939년에 이 시를 이용한 곡이 나오는데, 당시에 유명한 흑인 재즈가수였던 Billie Holiday가 노래를 불렀습니다. 그러나 흑인차별의 기세가 너무 살벌한 시절이어서 아무 때나 자유롭게 이 노래를 부를 분위기는 아니었다고 합니다.

이 사건처럼 사법절차를 거치지 않고 사적으로 처벌하는 폭도mob를 lynch mob이라고 부르고, 특히 이들 중 폭행과 살인의 주동자를 mob thug라고도 부릅니다thug: 난폭한 범죄자. lynch사적으로 처벌하다는 미국의 독립전쟁 당시 Charles Lynch라는 치안판사가 non-judicial punishment즉결처분를 주도적으로 만든 것에서 유래했다는 설이 유력합니다. 즉결처분은 줄여서 NJP로 많이 사용합니다.

STRANGE FRUIT

by Lewis Allan

SOUTHERN TREES BEAR A STRANGE FRUIT.
BLOOD ON THE LEAVES AND BLOOD AT THE ROOT,
BLACK BODY SWINGING IN THE SOUTHERN BREEZE,
STRANGE FRUIT HANGING FROM THE POPLAR TREES.
PASTORAL SCENE OF THE GALLANT SOUTH,
THE BULGING EYES AND THE TWISTED MOUTH,
SCENT OF MAGNOLIA SWEET AND FRESH,
AND THE SUDDEN SMELL OF BURNING FLESH!
HERE IS A FRUIT FOR THE CROWS TO PLUCK
FOR THE RAIN TO GATHER, FOR THE WIND TO SUCK,
FOR THE SUN TO ROT, FOR A TREE TO DROP,
HERE IS A STRANGE AND BITTER CROP.

Meeropol의 시 <Strange Fruit>

079 흑인과 백인이 말하는 good hair는 의미가 다르다

2006년에 개봉된 Good Hair라는 코미디 다큐 영화가 있습니다. 흑인들의 hair와 hair style을 소재로 미국의 흑인문화를 돌아보는 영화입니다.

흑인 아닌 사람이 자신의 머릿결을 good hair라고 말하면 단순히 잘 관리된 좋은 머릿결이지만, 흑인이 자신의 머릿결을 good hair라고 부르는 것은 흑인 머릿결 같지 않은 머리카락 즉, kinky곱슬거리는하지도 않고 wiry돼지털처럼 빳빳한하지도 않은 비흑인의 머릿결을 의미합니다. 결과적으로 흑인 고유의 kinky and wiry hair는 'bad hair'가 되는 겁니다.

이 영화의 제작자 중 한 명이자 주연배우인 Chris Rock이라는 배우는 어린 딸이 "아빠, 어떻게 하면 good hair로 바꿀 수 있어?"라고 묻는 것에 아이디어를 얻어 이 영화를 만들게 되었다고 말했습니다.

흑인 머릿결과 관련된 bad hair가 아닌, 일반적인 의미의 bad hair는 내 뜻대로 잘 안 나오는 hair style입니다. 그래서 하루 종일 일이 잘 안 풀리는 '재수 없는' 날을 bad hair day라고 부릅니다. hair처럼 일도 제대로 풀리지 않는다는 겁니다.

080 흑인은 Toyota를 운전할 때 가장 마음 편하다?

운전자가 흑인이면 경찰에 의해 불심검문이나 각종 단속에 걸릴 가능성이 높다는 사실을 비꼬는 표현이 driving while black줄여서 DWB입니다. driving while intoxicated음주운전; 줄여서 DWI를 패러디한 것입니다.

한발 더 나아가 shopping while black쇼핑할 때의 차별, flying while black비행기 탈 때의 차별, hailing while black손을 흔들어 택시를 부를 때의 차별, 심지어 학교에서는 learning while black이라는 표현도 있습니다. 이러다가는 breathing while black이라는 표현이 생길 수도 있습니다. 이런 표현의 주인공은 흑인이지만 조연급으로 Hispanic, Asian, Muslim이 black 대신 사용되기도 하며, 특히 Hispanic은 피부색이 brown이라고 해서 driving while brown으로 사용됩니다.

driving while black에서 재미있는 경찰의 의식적 또는 잠재의식적 단속기준이 make of car차량 제조업체입니다. 흑인이 어느 브랜드의 차를 타느냐에 따라 단속횟수가 다르다는 것입니다. 비싼 Mercedes나 반대로 연식이 오래된 차량은 단속을 많이 당하고 Toyota, Nissan 등 실속형 브랜드이면서 연식이 최신형 차량일 경우 단속횟수가 적다고 알려져 있습니다. 이렇게 경찰이 인종에 따라 단속 강도를 다르게 하거나 기타 범죄의 수사에서 인종적 편견을 보이는 현상이나 관행을 racial profiling이라고 부릅니다.

driving while black

racial profiling에 시위하고 있는 흑인

081 연필로 흑인 여부를 판정하는 pencil test

blue pencil은 출판물 원고나 보고서 내용의 교정을 의미합니다. 교정할 때 관례적으로 blue pencil을 사용한 것이 유래입니다. 부당한 censorship검열을 비꼬거나 비난할 때에도 blue pencil이 사용됩니다.

여기서 파생된 또 다른 표현이 blue pencil doctrine입니다. 계약서의 여러 조항 중에서 특정조항이 부적절하다고 판단될 때 계약 전체를 무효로 보지 않고 문제가 되는 조항만 삭제하여 계약의 큰 틀을 유지하려는 법원의 계약서 판단방식입니다. doctrine 대신 clause조항를 쓰기도 합니다.

남아공에서 apartheit흑인차별정책가 한창일 때에는 외모뿐만 아니라 pencil test로도 흑인 여부를 판단했습니다. 피부색이 애매한 혼혈일 경우에 머리카락 속으로 연필을 꽂은 후 아래로 쓸어내릴 때 얼마나 쉽게 또는 어렵게 연필이 빠져나오느냐가 기준이었습니다. 연필이 잘 빠져나오지 못하면 흑인으로 판정되는데, '얼마나 쉽게 또는 어렵게'라는 기준도 주관적일 수밖에 없었습니다. 1994년 apartheid가 공식적으로 끝난 후에도 공식적으로 하지 않고 있습니다.

082 UN의 모태였던 포츠담 회담과 선언의 주인공들

독일패망 직후인 1945년 7월, 미국, 영국, 중화민국, 소련의 정상들은 포츠담 회담과 포츠담 선언을 통해 일본에게 항복을 권고합니다. 당시 이들 '4인방'의 닉네임이 Four Policemen이었습니다. Axis로 불렸던 당시의 깡패국가인 독일, 이탈리아, 일본을 응징하며 세계평화를 지키는 경찰관이라는 의미입니다. 3개월 후인 1945년 10월 이 4인방과 프랑스가 주축이 되어 그동안 허수아비였던 League of Nations국제연맹를 대체하여 United Nations국제연합를 창설합니다.

현재 UN의 '최대주주'는 UN Security Council안전보장 이사회이며 여기의 5개국이 UN의 창립멤버입니다. 이 5개국은 UN에서 탈퇴할 수 없는 영구 회원국이라는 의미로 Permanent Five줄여서 P5라고 불리기도 합니다. P5에 들어가기 위해 안간힘을 쓰는 4개국이 있는데 독일, 일본, 인도, 브라질입니다. 외교가에서는 이들을 G4 nations줄여서 G4라고 부릅니다.

UN의 수장인 Secretary General사무총장은 당연히 P5나 G4에서는 선출되지 않습니다. 그렇다고 경제력이 약한 회원국 출신도 사무총장이 되지는 않습니다. 사무총장은 반드시 middle powers에서 선출됩니다. 그동안의 사무총장 배출국 중에 노르웨이, 스웨덴, 오스트리아, 남아공, 한국, 포르투갈이 있는 것을 보면 middle powers가 어떤 나라들인지 느낌이 옵니다. 어쩌면 P5는 사무총장에게 butler집사 역할을 기대하는지도 모릅니다.

사무총장은 대륙별로 돌아가며 맡는 continental rotation rule을 따르고 있습니다.

포츠담 회담의 Four Policemen

United Nations

083 DJ(김대중)가 우파였으면 노벨 평화상은 어림없었다?

Barrack Obama, Al Gore, Jimmy Carter는 대표적인 노벨 평화상 수상 미국인들이자 공통적으로 민주당 출신입니다. 공화당 출신으로는 1973년에 수상한 전 국무장관 Henry Kissinger가 유일한데, 당시 심사위원들 중 일부는 "그는 peacemaker가 아니라 peace-destroyer다"라고 맹비난하며 반발했습니다. 이런 근거로 노벨 평화상 수상자 선정기준에는 left-wing bias좌파편향가 있다는 지적이 있습니다.

한국의 DJ에게도 이 bias가 해당할까요? 문학상의 특징은 Eurocentric유럽중심입니다. 역대 수상자들 119명 중2016년 기준 유럽 출신이 89명75.4%입니다. 영어사용 국가인 미국, 캐나다, 남아공을 제외한 순수한 유럽 출신만 그렇습니다. 아시아에서는 중국, 일본, 인도에서 각각 2, 2, 1명이 전부입니다. 문학상 수상 기준에서 가장 중요하게 보는 것은 cumulative lifetime achievements평생동안 누적된 여러 업적입니다. 호평받은 한두 작품으로는 어림도 없습니다.

과학상에도 몇 가지 특징이 있습니다. 일단 'discovery over invention' rule입니다. 말 그대로 발명보다 발견을 우선시한다는 원칙입니다.

수상자를 암묵적으로 3명으로 제한하는 three-person rule도 있습니다. 연구를 하다 보면 2명이 A 과제를, 또 다른 2~3명이 B 과제를 담당해서 그 결과를 비교하고 종합하여 결론을 내릴 수도 있습니다. 이런 경우에 3명만 수상하면 나머지 연구자들은 어쩌라는 것인지 연구 현실에 맞지 않는다는 비판이 있습니다.

recognition time lag도 과학상의 특징입니다. 연구결과가 처음에는 대단한 것으로 인정받지만 시간이 지나면서 결정적 오류가 있는 것으로 밝혀지는 경우도 적지 않기 때문입니다. 시간의 힘으로 '뜸들여져서' 확실히 검증받은 연구만이 심사대상이 됩니다.

노벨 평화상을 수상한 김대중 대통령

084 공산권 국가의 최고 실세 Politburo

1당제인 공산권 국가에서 가장 중요한 의사결정기관은 Politburo정치국입니다. 중국의 경우 현재 25명의 정치국원이 있으며, 이들 중 7명이 당원로와 정파 간의 협상에 의해 지명되어 Politburo Standing Committee정치국 상임 위원회를 구성합니다. 이들의 협의와 타협에 의해서 중국정치가 굴러갑니다. 상임위원 7인 중 서열 1위가 국가주석President로 번역을 맡습니다.

러시아, 베트남에도 Politburo가 있고, 소련이 동구권을 장악하고 있던 1980년대 이전에는 동구권 국가 대부분이 Politburo 체제를 갖고 있었습니다. Politburo는 사실상 oligarchy과두정치이고 당연히 소수의 정치인들이 권력지분을 나눠 갖는 집단지도체제입니다. 그래서 Politburo를 Politburo oligarchy라고 부르기도 합니다.

시진핑이 아무리 국가주석이어도 나머지 6명의 oligarch과두정치의 구성원를 무시하고 독재식으로 의사결정을 할 수는 없습니다. 이러한 collective leadership집단지도체제도 나라마다 시대마다 그 지분구조는 제각각입니다.

현재 러시아는 Putin의 영향력이 너무 강해서 Putin's Politburo라는 조롱을 받으며 집단지도체제의 장점을 살리지 못하고 있습니다.

중국의 Politburo Standing Committee

085 실미도 특수부대와 노팬티 차림이 무슨 관계?

전쟁에서 대규모 공격 직전에 적의 기를 꺾거나 전열을 흩트려 놓기 위해 침투하는 특수부대를 shock troop이라고 부릅니다. 1차 세계대전에서 독일이 운영했던 이런 성격의 특수부대의 영어번역인 storm troopers가 변형된 표현입니다. 이들의 생존 가능성은 별로 없다고 해서 forlorn hope라는 별명으로 불리기도 합니다forlorn; 버림받은, 절망의.

일부 역사학자들은 shock troop을 식민지 개척과 연관 지어 천주교와 기독교 선교사들을 ideological shock troop이라고 비꼬기도 합니다. 식민지 군대가 본격적으로 들어가기 전에 선교사들이 이미 현지 주민들의 정신을 무장 해제시켰다는 의미로 사용됩니다.

실미도 특수부대나 청와대 습격을 기도했던 김신조 일당의 게릴라 부대같이 일회성 미션을 위한 특수부대는 commando라고 부릅니다. 그런데 엉뚱하게도 'go commando'라는 표현이 '노팬티로 다니다'라는 뜻으로 쓰입니다. 2차 세계대전 당시 London의 West End 지역의 창녀들을노팬티 차림으로 추정 Piccadilly Commandos라고 부른 것이 유래라는 설과 Royal Marines영국 해병대의 대원들 중 노팬티가 많았다는 설이 있습니다.

남자가 노팬티일 경우 ball고환이 자유롭게 돌아다닌다고 free balling이라고, 여성이 그럴 경우 free buffing이라고 부르기도 합니다buff: 맨살, 알몸.

Piccadilly Commandos

086 Judas는 배신과 밀고의 절대적 아이콘

예수를 체포하려는 로마 병사들. 하지만 그들은 예수의 얼굴을 몰랐기 때문에 그의 제자인 Judas발음; 쥬다스/가롯 유다의 도움을 받습니다. Judas는 일부러 예수에게 키스하여 그가 예수임을 병사들에게 확인시켜주죠. 여기서 생겨난 표현이 Judas kiss입니다. 다른 속셈이 있는 위선적 호의나 친절이란 뜻으로 쓰입니다. Judas goat라는 염소도 있습니다. 목장에서 소나 양들과 친분을(?) 쌓도록 목동이 심어놓은 끄나풀입니다. 도살을 눈치채는 소나 양들이 도망가거나 몸부림치는 소동을 막기 위해 이 끄나풀 염소를 이용해서 도살 대상을 특정한 장소까지 유인합니다. 당연히 그 소나 양은 죽고 Judas goat는 무리 속으로 살아서 되돌아가 친교활동을 계속합니다. 이렇게 위험이 있는 곳으로 유인하는 바람잡이 또는 미끼형 스파이를 보통 decoy라고 부릅니다. 요즘은 없겠지만 일부 교도소에서 교도관만 볼 수 있고 죄수들은 볼 수 없는 peephole엿보는 구멍을 Judas window라고 불렀습니다.

four Gospels4대 복음서인 마태/마가/누가/요한복음에 나오는 12 사도의 이름이 정확히 일치하지 않는 문제가 있습니다. 예를 들어 full name이 Judas또는 Jude Thaddaeus로 추정되는 다대오라는 제자의 경우, Matthew마태와 Mark마가는 다대오라고 기록했고 Luke누가와 John요한은 각각 '야고보의 아들 유다', '가룟인이 아닌 유다'라고 기록했습니다. 일종의 동명이인이 있었던 겁니다. 그래서 가끔 다대오가 가룟 유다로 오해받는데, 이런 혼동을 피하기 위해 다대오를 Saint Judas 또는 Saint Jude라고 부릅니다.

예수에게 키스하는 가룟 유다

087 'Hey Jude'의 Jude는 예수를 배신한 '가롯 유다'?

Beatles의 멤버인 Paul McCartney가 동료인 John Lennon의 아들 Julian Lennon을 위로하기 위해 만들었다고 전해지는 곡이 'Hey Jude'입니다.

원래 곡명에는 Julian의 애칭인 Julie를 사용했는데 너무 Julian을 꼭 집어 가리키는 것 같아서 Jude로 바꿨다고 합니다. 그런데 이때까지도 사람들은 Jude를 예수를 배반한 Judas Iscariot가롯 유다으로 오해하는 경우가 많아서 자녀의 이름으로 Jude 사용을 꺼렸습니다. Jude또는 Judas Thaddaeus와 Judas Iscariot 둘 다 예수의 제자이지만 다른 사람입니다. Jude와 Judas를 혼용하다 보니 이런 오해가 생겼습니다. 그런데 이 곡이 히트치면서 Jude라는 이름의 인기도 함께 올라갔습니다.

Beatles의 곡명에서 건질 수 있는 어휘와 사연 있는 곡명을 소개합니다. 'I am the Walrus'에서 Walrus는 '바다코끼리 또는 덩치 크고 험상궂은 사람'이란 뜻입니다. 실제로 곡에서 Walrus는 어떤 악당으로 묘사됩니다. 'Helter Skelter'는 '나선형 미끄럼틀, 허겁지겁 서두르는'이란 뜻입니다.

'Nowhere Man'은 짐작하듯이 '누구도 찾지 않고 갈 곳도 없는 외로운 사람'입니다. 1974년 에티오피아에서 인류학에 중요한 자료가 되는 Australopithecus 화석 하나가 발견됩니다. 당시 발굴 현장에 Beatles의 'Lucy in the sky with diamonds'라는 곡이 반복해서 틀어지고 있었고, 이로 인해 이 화석의 이름이 Lucy로 명명됩니다.

'She came in through the bathroom window'는 Paul McCartney가 곡 작업을 하고 있을 때 열성 팬이 화장실 창문을 통해 들어온 사건이 계기가 되어 지어진 곡명입니다.

John Lennon의 아들 Julian Lennon을 위한 'Hey Jude'

088 1달러 지폐 도안과 Freemasonry의 연관성

미국의 1달러 지폐에는 뜬금없이 미완성 피라미드와 그 위에 사람의 눈 하나가 있습니다. 다른 액면의 지폐에는 없는 특징이라 많은 의문과 추리를 불러일으키고 있습니다.

일단 이 피라미드에 대해서는 딱히 명칭이 없고 꼭대기가 미완성이라고 그냥 unfinished pyramid 또는 uncapped pyramid라고 부릅니다. 그 위에 있는 사람의 눈은 the eye of providenceprovidence; 신 또는 신의 섭리나 all-seeing eye of God이라고 불립니다. 이 눈은 리투아니아, 벨라루스, 우크라이나 등의 몇몇 coat of arms문장에도 등장하고, 18세기 말 Freemasonry참고; Freemason은 Freemasonry의 회원이라는 뜻라는 일종의 비밀 결사대와 관련된 몇 가지 상징물에서도 볼 수 있습니다.

결론적으로 미국 재무부를 포함하여 누구도 이 심볼들의 기원과 의미를 명확히 설명하지 못하고 있습니다. 다만 화폐도안에 영향력을 행사했을 것으로 추정되는 Benjamin Franklin과 Alexander Hamilton최초의 재무부 장관 등이 Freemason이어서 이 심볼들이 들어갔다는 주장이 그나마 설득력이 있습니다. 이 주장을 믿는 사람들은 1달러를

Masonic one dollar라고 부릅니다Masonic: 프리메이슨의.

사연이 무엇인지는 모르겠지만 일국의 기초단위 화폐에 아무 의미 없이 이런 상징물들이 들어갔을 리는 없을 것입니다.

unfinished pyramid와 the eye of providence

Freemasonry와 관련된 상징물

089 2달러 지폐가 행운의 상징?

미국의 3대 대통령인 Thomas Jefferson은 국민의 무기 소지에 대한 정당성을 명시한 Second Amendment수정헌법 제2조를 강력히 지지한다는 언급을 몇 차례 했습니다. 그리고 그는 2달러 지폐의 모델이기도 합니다.

gun rights group총기소지 옹호론자들은 이 점을 간과하지 않습니다. 그들은 2달러 지폐를 그들의 상징물로 규정하고 2달러 소지와 사용을 적극적으로 권장합니다. Starbucks가 한때 매장 내 총기반입을 허용했을 때 gun rights group은 'Pay with two dollar bills'와 'Thomas Jefferson is Mr. Liberty'라는 문구를 외치며 Starbucks를 두둔하곤 했습니다.

2달러 지폐를 행운의 부적처럼 보관하거나 선물하는 사람들이 있지만 또 다른 이들은 이것을 불운과 연관 지어 기피하기도 합니다. 일단 deuce는 숫자 2를 의미해서 2달러 지폐의 별명입니다.

그런데 deuce에는 '액운, 골칫거리, 엉망진창'이라는 뜻도 있습니다. devil이라는 표현을 자기 입으로 말하는 것이 찝찝하여 deuce로 대신 발음하다가 생긴 일종의 euphemism완곡어법입니다. 그래서 미신에 민감한 어떤 가게 주인들은 2달러 지폐를 받는 것을 재수 없다고 여기기도 합니다. 어쩌다가 받아도 직각의 네 귀퉁이 중 한 곳을 조금 자릅니다. 이렇게 하면 액운이 없어진다고 믿기 때문입니다.

미국 재무부는 2007년 기준으로 전 세계에 7억 5천만 장 이상의 2달러 지폐가 있는 것으로 추정된다고 발표했습니다. 단종하지 않고 매년 일정 규모로 새로이 찍어내는 수량도 있으니 희소가치도 없습니다.

미국의 2달러 지폐

090 serial killer가 타던 차와 소지품의 상품성

Samson은 Sam의 아들이라는 뜻입니다. 성경에 나오는 Samson이 아닌 Sam의 아들 한 명을 소개합니다. 다름 아닌 미국에서 1976년부터 1년 동안 6명을 살해한 연쇄 살인범의 닉네임이 son of Sam본명은 David Berkowitz입니다.

그는 자신을 son of Sam이라고 부르며 아버지인 Sam가공의 인물이 살인을 지시했다는 메모를 남기는 등 경찰을 조롱하기까지 합니다. 붙잡힌 후 그가 언론의 집중보도로 유명인사가 되자 일부 몰지각한 출판사와 영화사가 그에게 거액의 돈을 제시하며 그동안의 행적을 책이나 영화로 만들려 한다는 보도가 계속 나옵니다.

New York 주 의회는 이런 분별력 없는 거래를 막기 위해 선제로 Son of Sam law라는 별칭의 법을 제정합니다. 범죄자가 자신의 범죄행위를 콘텐츠로 얻는 어떠한 수익도 몰수한다는 것이 이 법의 골자입니다.

이런 법이 있어도 murderabilia와 killer art는 아직도 존재합니다. 전자는 murder와 memorabilia소장가치 있는 기념물를 합성한 것으로 살인자가 타던 차, 옷, 생활용품을 의미합니다. 일부 수집가들 사이에서는 이런 것도 상품가치가 있다고 여겨져서 밀거래가 이루어지고 있다고 합니다. 후자인 killer art는 연쇄 살인범이 교도소에서 지은 시나 공예품입니다. 외부반출이 금지되어 있어서 거래가 이루어지는 경우는 없습니다.

murderabilia

killer art

091 사기꾼 눈에는 sucker(봉)가 너무 많아서 너무 즐거워

David Copperfield는 illusionist마술사입니다. 무대공연이 전문이어서 stage magician이라고도 불립니다. 이런 마술사들의 3대 기본기는 sleight of hands빠른 손놀림, misdirection관객 시선을 다른 곳으로 돌리기, optical illusion착시입니다.

그런데 한때 spoon bending으로 유명했던 이스라엘 국적의 Uri Geller처럼 psycokinesis염력; =telekinesis/kinesis는 움직임이라는 뜻가 있다고 사기 치는 사람들도 심심치 않게 있습니다. 이런 사기꾼들의 군기를 잡고 이들의 실체를 폭로하는 사람을 debunker라고 부르는데 가장 유명한 debunker가 James Randi입니다. 그는 사기가 아닌 진정한 염력, 텔레파시 등 초자연적 현상이라고 판단되면 그 누구에게라도 100만 달러를 지급하겠다고 약속하는 'One Million Dollar Paranormal Challenge'라는 이름의 프로그램을 운영하고 있습니다paranormal; 초자연적인.

그러나 아직까지 pseudoscience사이비 과학; pseudo는 '가짜'라는 뜻의 접두어나 마술적 속임수가 아니라고 Randi에게 인정받은 사람은 한 명도 없습니다. 문제는 아무리 깐깐한 debunker가 있어도 사기꾼들은 바퀴벌레처럼 생명력이 강하고 일반

대중은 불필요한 호기심이 너무 많아서 이런 유형의 속임수가 근절되지 않는다는 점입니다.

19세기 미국 최고의 charlatan야바위꾼이자 사기공연 기획자인 Phineas Barnum은 'There's a sucker born every minutesucker: 봉, 잘 속는 사람'이라고 말하며 어리버리한 '봉'들은 언제나 풍년이라고 말했습니다.

James Randi

092 James Randi의 '날개 달린 돼지' 이름은 Pigasus

Pigasus Award는 James Randi가 염력, 신령술 등을 악용하는 사기꾼이나 그런 사기를 믿는 사람 또는 단체에 주는 괴짜 상의 이름입니다. James Randi는 debunker이자 scientific skeptic비과학적 주장이나 현상을 의심하며 파헤치는 사람입니다.

시작은 Uri Geller를 조롱하기 위한 Uri trophy라는 이름이었습니다. Ig Nobel Award와 함께 조롱의 의미를 담고 있어서 이런 상의 별명이 tongue-in-cheek award입니다tongue-in-cheek; 비꼬는, 조롱의. 그런데 상 이름이 신화 속의 날개 달린 말인 Pegasus가 아닌 Pigasus인 데는 이유가 있습니다.

pig를 이용한 idiom 중에 'When pigs fly'가 있습니다. 돼지가 날 때? 돼지가 날 수는 없죠. 그래서 '말도 안 돼. 그런 일은 현실 세계에서 불가능해'라는 의미로 사용됩니다. pig의 이러한 상징성을 반영하여 상 이름이 Pigasus가 되었으며 실제로 이 상패에는 날개 달린 돼지가 있습니다.

Randi가 수상자를 발표하는 방식도 tongue-in-cheek 합니다. 일단 만우절에 Randi의 웹사이트에 발표되고 상패는 염력으로 전달된다고 적혀 있습니다. 만약 상패를 못 받았다면 수상자의 염력이 부족하기 때문이라고 놀립니다.

1981년에 미국 국방부가 이 상을 받은 것이 가장 재미있었습니다. 수상 이유는 당시에 소련의 미사일 사진을 불태우면 실제로 소련 미사일이 파괴될 수 있다는 항간의 설이 있었는데, 이것이 신빙성 있는지를 알아보려고 국방부가 600만 달러의 예산을 썼기 때문입니다.

Pigasus Award

093 미국에서 미터법 주장하면 '좌빨'로 찍혔다?

1970년대에 미터법을 쓰면 얻는 게 많다는 의미의 'Going metric pays off'pay off: 이익이 되다라는 구호와 함께 미국 어린이들은 학교에서 metric system미터법을 배웠고 도로 표지판과 주유소 가격 안내판에도 미국식 도량형인 US customary unitse.g. mile, gallon 등와 metric system에 해당하는 단위를 함께 적기 시작했습니다.

그런데 Dean Krakel라는 오클라호마의 명예 카우보이 협회라는 이상한(?) 단체의 책임자가 'Metric is definitely Communist'라는 억지를 쓰며 미터법에 태클을 겁니다. Bob Greene이라는 칼럼니스트도 WAMWe Ain't Metric의 줄임말이라는 미터법에 반대하는 단체를 만들면서 'It was all an Arab plot, with some Frenchies and Limeys thrown in'이라고 짜증이 잔뜩 묻어있는 칼럼을 씁니다. 해석하면 '미터법은 프랑스와 영국놈들이 합세한 아랍의 음모다'입니다limey: 영국해군, 영국인/with ~ thrown in: ~가 한패가 되어. 이런 미터법 반대 분위기를 meter bashing미터법 때리기이라고 부릅니다.

꼭 이들 때문에 미터법이 없어진 것은 아니겠지만 적어도 이들의 언급이 중요한 계기가 되어 가뜩이나 도량형이 바뀌는 것이 불만이었던 또는 성가셨던 일반인들의 정서가 힘을 얻게 됩니다. 1982년에 미국 미터법 위원회는 조용히 모든 것을 포기합니다.

아직 미국인들은 미터법 수용을 거부하고 있다

094 eat-what-you-kill의 두 가지 의미

hard kill과 soft kill은 둘 다 군사적인 공격입니다. 전자는 미사일, 폭탄, 총 등을 이용한 물리적 타격이고 후자는 적의 정신적 기능이나 컴퓨터, 레이더 등 군사장비에 교란을 주기 위한 제반 공격행위입니다.

hunter-killer는 적 잠수함을 탐지하고 추격하여 파괴하는 것을 목표로 하는 '잠수함 사냥팀'입니다. 대잠 헬기, 구축함, 잠수함이 동원되는 합동 작전팀입니다. 2차 세계대전 당시 독일의 U boat의 공격으로부터 대서양을 오가는 상선들을 호위하며 동시에 U boat를 탐지하고 추적하던 호송전함 선단을 Hunter-Killer Group이라고 부른 것이 원조입니다. 요즘은 잠수함에 국한해서 사용되지 않고 hunter-killer robot, hunter-killer drone 등 탐지와 파괴 기능을 동시에 수행하는 무기에도 사용됩니다.

기업에서 쓰이는 kill 관련 표현 두 가지를 소개합니다. 생산관리에서 KILL은 'Keep Inventories Low and Lean재고량은 최소한으로 유지해라'의 acronym입니다. lean은 '비계 없고 살코기만 있는'이라는 뜻인데 여기서는 low를 강조하기 위해서 사용되었습니다.

Eat what you kill이라는 표현도 있습니다. '네가 죽인 건 네가 먹어라'가 직역인데, 한마디로 성과급 보수체계를 가리킵니다. eat-what-you-kill culture는 성과급 보수체계로 인한 살벌하고 팍팍한 직장문화를 비판할 때 사용됩니다.

또한 가축에게 쓰이는 항생제도 싫고 좁은 우리에서 가축이 고통받는 것이 안타까워서 쾌적한 공간에서 자신이 직접 키운 가축을 잡아먹는 유별난 식단도 eat-what-you-kill diet라고 부릅니다.

제2차 세계대전 당시 독일의 U보트

Hunter-Killer Group

095 sousveillance camera는 '을'이 갑'을 향한 카메라

감시라는 뜻의 surveillance는 프랑스어로도 역시 surveillance입니다. sur는 above나 over의 의미입니다. 시야 확보가 확실한 위에서 해야 진정한 감시라는 거죠.

반대로 프랑스어에서 sous발음: '수~'는 아래, 즉 below나 under를 의미합니다. 그래서 만들어진 신조어가 sousveillance입니다. 직역은 '밑에서 위로의 감시'인데 그 의미는 국가권력이나 민간기관의 카메라에 대항하여 '밑에서' 감시당하는 일반인들도 위로 카메라를 들이대서 권력을 예의주시하겠다는 것입니다. 그래서 sousveillance를 inverse surveillanceinverse: 역방향의라고도 부릅니다.

sousveillance를 위한 장비는 wearable or portable device입니다. 나날이 녹음과 녹화의 성능이 좋아지고 있는 스마트폰도 포함됩니다. 현재 경찰과 검찰은 CCTV로 피고인또는 피혐의자 조사를 기록할 권리를 갖고 있지만 피고인은 그렇게 못합니다. 문제가 있을 경우 국가권력에 유리한 '악마의 편집'이 있을 개연성이 있습니다. 따라서 피고인도 자신의 기기로 녹음 녹화할 권리가 있어야 합니다.

수술실에서 혹시 있을 수 있는 의료사고에 대한 증거

확보를 위해서 환자 측도 감시 카메라를 설치할 수 있어야 합니다. 이것이 가까운 미래에 법률개정이 된 후의 sousveillance의 구체적인 사례입니다.

어떤 이는 surveillance를 the few watching the many로, sousveillance를 the many watching the few로 풀이하기도 합니다. 당연히 the many가 을의 입장인 일반 시민들입니다.

surveillance / sousveillance

096 우리를 감시하는 Big Brother는 누가 감시하지?

고대 로마의 Juvenal이라는 시인이 썼다고 전해지는 꽤 유명한 구절이 'Who will guard the guards themselves?보초병 그들은 누가 감시하려고?'입니다. 이 말은 어느 군인이 전쟁터에 나가기 직전 아내가 바람을 피거나 겁탈당할 것이 염려되어 보초병guard을 몇 명 고용하려 하자 지인이 툭 던진 말입니다. 그 보초병들이 아내를 건드리면 속수무책 아니냐는 반문이었습니다.

세월이 흐른 후 국가권력도 국민의 감시를 받아야 한다는 의식이 생겨나면서 위 문장은 다음과 같이 패러디되어 사용되고 있습니다; 'Who will watch the watchers또는 watchmen?' 여기서 watcher는 감시인, 즉 검찰, 경찰, 정보기관 등 소위 Big Brother국민감시형 국가권력의 행동대원들을 의미합니다.

이 대목에서 등장하기 딱 좋은 표현이 blue wall of silence=blue shield입니다. blue는 미국 경찰제복의 기본색입니다. 그래서 blue 자체가 경찰을 의미합니다. blue wall of silence는 동료 경찰의 각종 위법행위, 특히 police brutality경찰의 민간인 폭행에 대하여 침묵하거나 묵인하는 경찰끼리의 관행을 가리킵니다. 그래서 경찰을 타겟으로 'Who will police the police?경찰에 대한 경찰기능은 누가 할 것인가?'라는 패러디 문장이 등장하기도 했습니다.

미국, 캐나다와 일부 유럽에는 Cop Watch라는 명칭의 경찰감시 목적의 시민단체가 있습니다. 이들은 시위현장과 경찰의 단속현장에 나타나 감시 카메라로 sousveillance 기능을 수행합니다. 이런 사람들을 legal observer라고 부르기도 합니다. 경찰이 법률을 제대로 준수하는지 지켜보는 사람이란 뜻입니다.

Cop Watch

legal observer

097 whore이라는 단어에 관한 심층강좌

필리핀 대통령 Duterte는 Francis프란치스코 교황과 Obama 대통령에게 son of a whore라는 욕설을 해서 문제가 된 적이 있습니다.

사실 창녀를 의미하는 몇 단어들이 있지만 가장 사랑받는(?) 단어는 whore입니다. son of a whore로 성이 차지 않을 때는 역시 창녀의 아들인 whoreson까지 소환해서 son of a whoreson, 더 화나면 fucking son of a whoreson bitch가 원어민의 입에서 튀어나옵니다. whoreson을 직역하면 창녀의 아들인데, 사전적 정의는 '1. 혼인관계 없이 태어난 사생아, 2. 욕설적 호칭'입니다.

whoreson보다는 약하지만 bastard 역시 사생아를 비하하는 표현입니다. 그나마 좀 대접해주는 표현이 love child이고 법률용어로는 nonmarital child혼외자와 illegitimate child가 있습니다. 참고로 a son of a whore의 복수형은 sons of whores입니다.

attention whore는 관심받고 싶어서 오버하는 '관심종자'이고, media whore는 신문과 방송 등에 출연하기 위해 온갖 비굴한 처신도 불사하는 사람을 가리킵니다. 'once a marine, always a marine한번 해병은 영원한 해병'을 패러디한 'once a whore, always a whore'라는 표현도 있습니다.

출신이 비천하거나 인품에 문제가 있는 사람을 비난할 때 사용합니다. 사실 이 표현의 진짜 원조는 'once a priest, always a priest'입니다. 은퇴한 성직자가 주위 사람들에게 지나치게 도덕성과 모범을 강조할 때 사람들이 짜증 내며 하는 말이었습니다.

press언론와 whore의 친구(?)인 prostitute를 결합한 pressitute라는 표현도 있습니다. 우리말 '기레기'에 해당합니다.

attention whore에게는 관심을 주지 말아라

098 puppet master에 휘둘린 대한민국 대통령

최순실이 대통령의 팔다리에 string을 달아 꼭두각시로 부리는 패러디가 한창이었던 적이 있습니다. 이런 꼭두각시한자어로 '괴뢰'를 puppet이라고 부르죠. puppet을 조종하는 최순실 같은 사람을 puppeteer 또는 puppet master라고 부릅니다.

좀 더 엄밀하게 분류하면 손에 벙어리 장갑을 낀듯한 인형은 hand puppet또는 glove puppet, string이 달린 인형은 marionette입니다. 일상대화에서는 puppet으로 통일해서 사용합니다. puppet show인형극, puppet government괴뢰정부라고 표현하지만 marionette을 사용하지는 않습니다.

참고로 marionette은 프랑스어로서, 어미인 ette는 작다는 뜻이고 앞부분은 Mary성모 마리아를 의미합니다. 따라서 직역하면 little Mary인데, 인형극 초창기에 만든 최초의 인형이 교회에서의 성모 마리아였기 때문에 marionette이란 표현이 사용되었다는 것이 정설입니다.

puppet에 달린 string에서 나온 idiom이 pull strings영향력을 행사하다, 조종하다인데, 특히 'secretly or unofficially'를 전제로 한 영향력입니다.

099 mickey mouse course는 학사관리 부실한 대학원

최순실이 진짜 대학생이 아니라 청강생이었다는 것이 밝혀졌는데, 이런 청강생은 auditor, '청강하다'은 audit입니다. 또한 최 씨는 교육 당국의 인가를 못 받은 대학, 즉 degree mill학위 남발 대학/mill: 공장에서 석사학위까지 돈을 주고 샀다는 의혹도 있습니다.

degree mill이 나왔으니 Mickey Mouse degree또는 course를 소개하지 않을 수 없네요. 이 학위는 학사관리가 느슨하고 job market과 연관성이 떨어지는 '대학 돈벌이용' 학위와 강좌를 비꼬는 표현입니다. David Beckham Studies나 Golf Management 같은 전공이나 강좌가 대표적인 예입니다. 학문적 진지함이 부족함을 애니메이션의 가벼움과 연관시키다 보니 이런 강좌 명칭에 mickey mouse가 사용된 것 같습니다.

캐나다에서는 이런 강좌를 bird course라고 부릅니다. 한국의 명예박사 학위, 학사관리가 허술한 직장인용 각종 야간 대학원, 사실상의 사교모임인 최고 경영자 코스 등도 어찌 보면 semi Mickey Mouse degree가 아닐까 싶습니다.

100 대통령이 특정인을 편애하면? 모든 게 '개판'

kitchen cabinet은 국민 앞에 정식으로 알리는 공식내각이 아닌 남들 눈을 피해 골방 같은 부엌의 식탁에 모여 국정에 관하여 쑥덕댄다는 부정적 느낌의 표현입니다. 19세기 초 미국의 7대 대통령 Andrew Jackson이 운영했던 비선 또는 사설 고문단을 야당이 이렇게 부르며 비난한 것이 유래입니다.

반면에 공식내각의 별명은 parlor cabinet입니다. 부엌이 아닌 응접실parlor 소파에서 당당하게 의견을 주고받는다는 것을 상징하는 표현입니다. kitchen cabinet member이든 parlor cabinet member이든 선생님즉 권력자이 편애하는 학생을 teacher's pet이라고 부릅니다.

여러 영영사전에 비슷하게 정의되어 있는데, 그중 도움되는 정의를 섞어서 다시 편집해봤습니다. a teacher's pet is a suck-up student who is favored by the teacher and thus gets away with murder in everythingsuck-up: 아부하는/favor: 편애하다. get away with murder는 '잘못을 저질러도 벌 받지 않는다'는 뜻입니다. 자신이 총애받고 벌 받지 않는 teacher's pet임을 확신하면 그가 또는 그녀가 stuffed shirt빳빳하고 건방진 사람가 되는 것은 시간문제이고, 정상적인 지휘체계는 무너집니다.

101 범죄 전문 변호사가 악용하는 nuts and sluts tactic의 정체

'꼴통'이란 뜻으로 쓰이는 정치권 용어인 wingnut에서 nut은 '얼간이, 정신병자'란 뜻입니다. 그래서 nut house는 정신병원이고, as nutty as a fruitcake은 nutty미친를 강조하는 표현입니다. fruitcake에 말린 과일이 들어가긴 하지만 호두와 땅콩 등 견과류nuts도 많이 들어가기 때문에 이런 표현이 생겼습니다.

성범죄 발생 시 가해자 측 변호사가 피해여성을 nut제정신이 아닌 사람과 slut헤픈 여자으로 몰아붙여 법원판결에서 의뢰인의 피해를 최대한 줄이려는 경우가 있습니다. 이런 비윤리적 변호방식을 nuts and sluts defenseor tactic라고 부릅니다.

농담으로 신경정신과 의사와 심리학자를 squirrel다람쥐이라고 부르기도 합니다. 다람쥐가 nuts로 밥을 먹고 살기 때문에 붙여진 별명입니다.

National Union of Teachers영국 교원노조의 약자가 NUT인데, 이 단체가 놀림받는 이유를 이제 이해할 겁니다. 상대에게 '머리 좀 써라'라고 핀잔을 줄 때 보통 "Use your noodle"이라고 하는데, 영국에서는 "Use your nut"도 가끔 쓰입니다. 여기서 nut은 walnut호두을 가리키는데, 호두가 두개골을 닮았다고 해서 생긴 표현입니다.

nuts and bolts는 기본요소 또는 핵심적 내용이란 뜻입니다. 모든 기계류에는 다수의 bolt와 nut가 들어가는데 이들의 결합이 느슨하면 기계성능에 문제가 생기기 때문에 nuts and bolts라는 비유적 표현이 만들어졌습니다.

nut은 walnut를 말하며,
두개골을 닮았다고 해서 생긴 표현이다

102 sphinx와 sphynx의 차이점

사자 몸통에 사람 머리를 한 괴물이 sphinx입니다. 크게 Greek sphinx와 Egyptian sphinx가 있습니다.

Greek sphinx는 주로 여성의 얼굴, 사자 몸통에 인간의 유방, 독수리 날개, 최대 크기는 사자 정도인 것이 특징이고, Egyptian sphinx는 남성의 얼굴, 날개 없음, 사자 크기를 포함한 거대한 크기로 요약됩니다. 그래서 Egyptian sphinx를 andro sphinx라고도 부릅니다andro: 남성. 특정인을 sphinx 또는 sphinx-like라고 부르면 알려진 것이 거의 없는 mysterious man이라는 뜻입니다.

i가 아닌 y를 쓰는 sphynx 또는 sphynx cat은 털이 거의 없는 고양이입니다. 만져보면 완전한 무모가 아니라 0.5mm 이하의 잔털 정도는 있습니다. 이 고양이에서 생겨난 표현이 sphinx waxing입니다.

bikini를 입기 위해 음모를 완전히 또는 일부를 제거하는 것이 bikini waxing인데, 그중에서도 음모 전체를 없애는 것을 full Brazilian waxing이라고 부릅니다. 이 waxing의 별명이 sphinx waxing입니다. 엄격하게는 sphynx waxing이 맞겠지만 원어민들도 sphinx와 sphynx를 구별하지 못해서

sphinx로 굳어져서 사용되고 있습니다.

참고로 waxing은 팔, 다리, 겨드랑이 등 신체 여러 부위에 모두 쓰이지만, 특히 음모에 대한 waxing을 지칭할 때는 호주의 별명인 down under직역: 저 아랫동네를 이용하여 waxing 'down under'라고 부르기도 합니다.

sphynx cat

103 거시기 털이 발단이 된 두 개의 전쟁

pubis는 치골, 즉 음모가 나는 최북단(?) 부위의 뼈이고, pubic은 그 형용사입니다. 보통 털이 나는 위치에 상관없이 pubic hair를 음모, pubic area를 음부라고 부릅니다. 사춘기를 의미하는 puberty도 pubic hair가 나기 시작하는 때라는 의미입니다.

20세기 들어와서 pubic hair와 관련된 두 가지 전쟁이 있었는데, 하나는 war on pubic hair이고 또 하나는 Pubic wars입니다. 전자는 음모를 면도나 waxing으로 제거하는 것이 건강에 좋은지 아닌지에 대한 의학적 논쟁입니다.

pubic hair가 무성한 상태를 full bushbush; 덤불숲라고 부르는데 이런 환경은 pubic lice라고 불리는 미세한 벼룩들에게 최적의 서식지이므로 제모를 해야 한다는 의견과 무리해서 제모하다 모근에 염증이 생기거나 피부에 상처가 나서 득보다 실이 더 크다는 의견이 팽팽합니다. 다만 상당수의 서양인들은 어느 정도의 제모나 grooming이발 수준의 다듬기은 이성 파트너에 대한 기본 에티켓으로 인식하고 있습니다.

Pubic wars는 1950대 이후 20~30년간 이어져 온 Playboy vs. Penthouse vs. Hustler의 '더 야해지기' 경쟁을 가리킵니

다. 초창기에는 음모 노출이 없는 것을 업계 불문율로 여겼으나 pubic hair를 한두 가닥씩 노출하며 경쟁이 시작되더니 급기야 Hustler는 여성이 소변보는 장면까지 연출하면서 전쟁은 더 치열해졌습니다.

Pubic wars에서 P를 대문자로 쓰고 war에 s를 붙이는 것은 세계사에서 많이 배우는 Punic wars포에니 전쟁에서 n만 b로 바꾸면 되기 때문입니다. '성'스러운 전쟁을 역사적 사건에 비유한 일종의 패러디입니다.

Pubic wars의 두 잡지를 들고 있는
Bob Guccione

104 잡지 Playboy의 로고가 rabbit인 이유는

rabbit punch는 복싱이나 기타 격투기에서 뒤통수 타격을 가리킵니다. 조준이 잘못되어서 목뼈를 다치면 하반신 마비의 가능성이 있어서 엄격히 금지되고 있습니다. jack-rabbit start는 자동차의 가속 페달을 강하게 밟아서 하는 급출발입니다. Sudden Unintended Acceleration줄여서 SUA; 급발진과 혼동하면 안 됩니다.

Welsh rabbitWelsh; Wales의 형용사은 녹인 치즈에 몇 가지 양념을 첨가하여 토스트 위에 부어 먹는 간단한 요리입니다. 여기서 rabbit은 rarebit이 변형된 것으로 토끼와는 전혀 상관이 없습니다. rarebit 자체가 이 음식의 이름입니다.

rabbit은 전통적으로 fertility다산의 상징으로 여겨지고 이와 연관 지어 playful sexuality의 이미지도 동시에 갖고 있습니다. 그래서 남성잡지인 〈Playboy〉지의 로고가 bow tie를 하고 있는 rabbit head로 정해진 것입니다. 이 로고의 정식 명칭은 없지만 사람들은 보통 Playboy Bunny Head라고 부릅니다.

이솝 우화의 '토끼와 거북이'에 나오는 토끼는 rabbit이 아닌 hare산토끼입니다. 물론 거북이도 turtle바다거북이 아닌

tortoise육지 거북입니다.

위쪽 입술이 갈라져서 태어나는 유전병인 입술 입천장 갈림증속칭 언청이의 속된 표현이 hare-lip입니다. rabbit과 hare의 위쪽 입술이 갈라져 있어서 이런 명칭이 붙었는데, 환자들이 불편해하여 요즘은 순화시킨 cleft lip이라는 표현을 씁니다cleft: 갈라진 틈.

<Playboy>지의 로고 Playboy Bunny Head

105 Uranus라는 명칭이 특이한 이유

'수금지화목토'말고 저 멀리 있는 '천해명'에 관하여 알아보겠습니다. Uranus천왕성는 그리스 신화에서 하늘의 신의 이름입니다. Mercury수성부터 Pluto명왕성까지 모두 로마신화 신의 이름을 쓰고 있는데지구는 제외 유일하게 Uranus만 그리스식 신의 이름을 씁니다. Caelus라는 로마식 이름이 따로 있음에도 불구하고 Uranus를 쓰는 점이 특이합니다.

Neptune해왕성은 로마신화에서 바다의 신이고 그리스 신화의 Poseidon에 해당합니다. Poseidon의 아들이 Triton인데, 상체는 사람, 하체는 물고기인 '인어왕자'이며 trident삼지창를 들고 다닙니다. 그에 따라 Neptune의 위성 중 하나의 이름도 Triton입니다. Pluto명왕성는 로마신화에서 지하 세계의 신입니다.

Pluto가 행성이었을 때 바깥에서 태양주위를 도는 물체들solar system objects을 plutoids라고 불렀습니다. 이제는 Pluto가 행성지위를 박탈당하는 바람에 자신이 plutoid 신세가 되었습니다. 물론 인간이 뭐라고 불러도 Pluto는 신경도 안 쓸 겁니다.

106 해병대 가는 곳에 Neptune도 따라간다

최근 가장 유명한 군사작전 중에 Operation Neptune Spear가 있습니다. 2011년 5월 1일 Osama bin Laden을 성공적으로 제거한 작전이 Neptune Spear입니다. 작전명에 neptune해왕성이 들어간 것은 bin Laden의 은신처에 침투해 사살한 부대가 US Navy SEALs해군 특수부대이기 때문입니다.

영국과 미국에서는 전통적으로 Neptune을 해병대와 해군 특수부대의 상징으로 여기고 있습니다. 19세기 중반에는 영국 해병대인 Royal Marines의 별명이 Neptune's Bodyguard였고, 그 유명한 노르망디 상륙작전의 작전명도 Operation Neptune이었습니다. rifle소총과 trident삼지창를 움켜쥐고 있는 독수리의 형상이 Navy SEALs의 상징입니다.

SEAL은 Sea, Air, Land, 즉 육해공 입체작전이 언제든지 가능하다는 의미입니다. 지질학에서 바닷물이 증발하고 그 바닷물에 녹아있던 물질이 결정체가 되어 암석이 되었다는 학설이 있었는데, 이 학설을 neptunism수성론이라고 불렀습니다. 물론 지금은 암석의 기원에 대하여 더 다양한 이론들이 있습니다.

107 Venus와 성병이 무슨 관계?

Venus는 그 태생이 라틴어입니다. 여러 종류의 Latin dictionary에서 venus를 검색하면 beauty, love 등의 뜻도 나오지만 또 하나의 중요한 뜻인 sex도 등장합니다.

구체적으로는 sexual activity/intercourse/desire로 풀이한 사전도 있고, 심지어 Venus를 the goddess of prostitutesprostitute: 창녀라고 설명하는 문헌도 있습니다. 조금 과장해자면 Venus는 sex의 icon입니다.

그래서인지 Venus's curse비너스의 저주가 venereal disease줄여서 VD: 성병의 별명입니다. 참고로 Cupid's itch도 VD의 별명입니다. 여성 외음부의 밭고랑 같은 갈라진 틈을 furrow밭고랑라고 부르기도 하지만 품위 있게 cleft of Venuscleft: 갈라진 틈라고 부르기도 합니다.

금성은 달 다음으로 밝게 빛나는 천체여서 누구나 육안으로도 쉽게 관찰할 수 있었습니다. 그래서 금성은 신비롭고 아름답다는 이미지를 갖게 되었고 자연스럽게 미의 여신이라는 컨셉트와 연관 지어졌습니다. 새벽에 뜨는 금성은 morning star샛별, 저녁에 다시 보이는 금성은 evening star개밥바라기라고 불렀으며, 당연히 옛사람들은 이 두 별이 같은 별이라는 것을 몰랐습니다.

male과 female을 상징하는 gender symbol 중에 동그라미 바로 밑에 십자가를 붙이는 female symbol이 천문학 기호에서 Venus입니다. Venus가 여신이고 beauty를 나타내기도 하지만 fertility다산를 상징하는 것과도 관련 있습니다.

Francois Boucher의 <The Birth of Venus >

Venus 행성

108 Lucifer는 빛과 악마를 상징하는 양면적 존재

고대 로마인들은 새벽에 뜨는 Venus인 morning star를 lucifer라고 불렀습니다. 라틴어인 lucifer는 lightbearer빛을 지닌 자 또는 the bringer of light빛을 가져오는 자라는 의미여서 새벽에 뜨는 밝은 별인 금성샛별에 걸맞은 네이밍입니다. 자주 쓰이지는 않지만 아직도 영어사전에는 luciferous가 '빛을 발하는'이란 뜻으로 소개되어 있습니다.

원소기호가 P이고 성냥의 원료인 phosphorus인도 P를 대문자로 Phosphorus라고 쓰면 고대 그리스에서는 샛별을 가리켰습니다.

그런데 이렇게 밝고 긍정적인 이미지의 lucifer가 왜 악마나 사탄을 의미하게 된걸까요? 샛별과는 전혀 관련이 없습니다. 유대교, 기독교, 이슬람의 종교설화에 따르면, 천사들 중 가장 계급이 높았고 신의 총애를 받던 Lucifer라는 archangel천사장이 있었습니다arch는 최고위직을 의미/e.g. archbishop: 대주교. 하지만 그는 조금씩 교만해졌고 급기야 신의 자리까지 탐하게 됩니다. 이를 알게 된 신에 의해 그는 하늘나라에서 쫓겨나고 fallen angel타락천사 신세가 됩니다.

비밀결사단체라고 알려진 Freemasonry의 상위단체로 추정되는 'illiminati'밝히다'라는 뜻의 라틴어인 illuminatus를 변형한 것'라는 단체가 섬기는 악신의 이름이 Lucifer라고 전해지는 것도 빛과 관련이 있지만 fallen angel과도 관련이 있습니다.

신에서 쫓겨나 fallen angel 신세가 된 Lucifer

109

중세에는 천사학 전문가가 있었다

Angelino는 스페인어로 '천사의 땅'이라는 의미인 Los Angeles의 토박이 또는 시민을 가리킵니다. Angelus는 가톨릭에서 하루에 세 번 하는 삼종기도라는 뜻입니다. 어려운 단어이며 가톨릭 신자가 아니면 알 필요도 없습니다.

그래도 소개하는 이유는 프랑스 화가 밀레의 <만종>이라는 작품의 영어제목이 <The Angelus>이기 때문입니다. 그림 속의 농부 부부가 하는 기도가 저녁에 하는 삼종기도입니다.

영어 angel에 해당하는 라틴어를 라틴어 사전에서 검색하면 angel과 messenger전령, 사자로 두 개가 나옵니다. 로마인들은 천사가 신과 인간을 이어주는 매개역할을 한다고 인식했음을 짐작할 수 있습니다.

중세에 천사를 연구하는 학문이 angelology천사학인데 당시 최고 권위자가 Thomas Aquinas라는 13세기의 신학자입니다. 그 시절 angelologist천사학자들은 천사의 존재를 믿었고 "How many angels can stand on the head of a pin?핀머리에 몇 명의 천사가 올라설 수 있는가?"이라는 주제로 토론하기도 했습니다. 지금 들으면 황당무계합니다. 그래서 요즘 이 질문은 현실성과 실용성이 거의 없는 아이디어나 제안을 놓고 시간 낭비하는 상황을 비판할 때 사용합니다.

영국에서 business angel은 startup신생 기술기업에 투자하는 개인 투자자입니다. 미국에서는 주로 angel investor라고 부릅니다. angel cake=angel food cake은 버터와 계란 노른자를 사용하지 않고 계란 흰자로 만드는 가볍고 촉촉한 식감의 스폰지 케이크입니다.

angelology의 최고 권위자였던
Thomas Aquinas

110 passion에 관한 심화학습

중고등학교 수준의 passion은 단순히 '열정, 열광'이지만 '남녀 간에 느끼는 정 또는 성적인 욕망'과 '순교자의 고난 또는 수난'이라는 뜻을 알아야 9부 능선에 도달하는 단어입니다. 그래서 배우자가 외도하는 것을 목격하고 저지르는 살인이나 폭행을 crime of passion치정에 의한 범죄이라고 부릅니다.

순간적인 감정을 참지 못해 저지른 범죄라는 의미로 '격정에 의한 범죄'로 번역하기도 하고 premeditated murder계획적 살인가 아님을 강조하기 위해서도 사용되지만, 대부분의 경우에 남녀관계가 3각으로 얽혀 발생한 범죄에 사용됩니다.

Passion of Christ예수의 수난 또는 고난는 예수가 체포되어 재판받고 십자가에 처형당한 전체 과정을 일컫는 표현입니다. 열대지역이 원산인 passion flower와 그 열매인 passion fruit가 있는데, 이 식물의 꽃이 예수가 십자가에 못 박혀 있을 때 썼던 crown of thorns가시 면류관를 연상시킨다고 해서 지어진 이름입니다.

물리학에서 action and reaction은 작용과 반작용이지만, 철학에서 action and passion은 능동과 수동입니다. 문법용어로 쓰이는 능동태active voice와 수동태passive voice도 철학용어가 그 기원입니다.

passion flower

action and reaction

111 Nine Muses에 관하여

그리스 신화의 Zeus에게는 20여 명의 이복자녀가 있는데 그중에는 nine Muses라는 9명의 딸도 있습니다. 이들 한명 한명을 muse라고 부르는데, 요즘 걸그룹 멤버들이 각각 자기만의 역할이 있듯이 이들도 시, 노래, 춤 등 '담당구역'이 있습니다.

그중 제일 유명한 muse는 역사담당의 Clio입니다. 그래서 그녀를 the muse of history라고 부르기도 합니다. 그런데 Clio를 더 파고들면 the glorifier and celebrator of history and great deeds deed: 행동, 업적라는 설명이 나옵니다.

역사뿐만 아니라 뛰어난 업적을 기리고 축하해주는 여신이라는 뜻입니다. 그래서 생겨난 유명한 상이 광고계의 아카데미상으로 불리는 Clio Awards입니다. TV, 라디오, 인쇄매체 등의 광고와 제품 디자인 분야에 주는 상입니다.

cliodynamics라는 새로운 학문 분야도 있는데 한마디로 역사와 수학을 결합한 학문입니다. 역사적 사건들의 여러 원인에 가중치를 부여하여 유사한 사건이 일어날 가능성을 예측하는 일종의 계량역사학입니다.

Clio 이외에도 다양한 예술 분야의 muse들이 있어서

muse 자체가 the source of an artist's inspiration의 뜻으로도 사용되고 있습니다. '깊은 생각에 잠기다'라는 뜻의 동사로 쓰이는 muse도 예술적 영감과 관련이 있습니다. amuse 흥을 주다와 music의 어원도 nine Muses와 관련 있고 이 여신들이 있던 신전이 museum이었습니다.

nine Muses 중 역사담당의 Clio

112 kiss up하고 kick down하는 boss여, 제발 꺼져줘!

직장 내에서 까칠한 성격의 '갑질'형 리더를 toxic boss toxic: 독성의, petty tyrant 좀스러운 폭군, little Hitler 등으로 부릅니다. 이런 리더가 조성하는 경직되고 심지어 공포스러운 분위기의 직장은 toxic workplace입니다.

toxic boss leader의 '멘탈'을 요약해주는 표현이 my way or the highway입니다. 해석하면 '내 방식을 따르든지 아니면 사표 쓰고 길바닥으로 꺼지든지'입니다. 그리고 이런 리더는 보통 'kiss up and kick down' 스타일일 가능성이 높습니다. kiss up은 자신의 상사에게는 아부한다는 뜻이며 kick down은 부하 직원에게는 폭군행세를 한다는 의미입니다.

특히 상사에게서 받는 스트레스를 아랫사람에게 화풀이하는 행동을 kick the cat이라고 부릅니다. 집단 괴롭힘은 중고등학교 교실에만 존재하는 것이 아닙니다. 회사 내의 집단 괴롭힘인 workplace bullying도 toxic leader의 주도 또는 묵인하에 있을 수 있습니다.

kiss up and kick down과는 의미가 다른 manage up and manage down이란 긍정적 의미의 표현도 있습니다. manage up은 상사를 제대로 보좌하고 다룬다는 개념이고,

manage down은 부하 직원을 효율적으로 그리고 합리적으로 관리한다는 의미입니다.

influence up이라는 표현도 있는데 상사에게 자신의 주장을 설득력 있게 관철한다는 의미로 manage up의 하위개념입니다.

kick down

113 Barbra Streisand가 자초한 '긁어 부스럼' 효과

이제는 70대 할머니가 된 미국의 가수 겸 배우인 Barbra Streisand는 2003년에 어느 사진작가에 대하여 5,000만 달러의 소송을 제기하며 캘리포니아 말리부의 해안 사진 중 자신의 저택이 찍힌 항공사진을 삭제할 것을 요구했습니다.

작가는 해안침식의 진행과정을 관찰하여 기록으로 남기려 12,000장의 사진을 찍은 것이지 특정 사진이 특정 유명인의 집인지는 몰랐고 설사 알더라도 자신은 파파라치가 아니므로 그녀의 요구를 받아들일 수 없다고 대응했습니다.

소송이 없었다면 누구도 관심 두지 않을 사진일 텐데 소송으로 인해 첫 달 동안만 42만 명 이상이 Streisand의 저택 사진을 검색하게 됩니다. 무대응보다도 못한 결과만 초래했습니다. 그래서 정보를 은폐 또는 삭제하려다 오히려 더 빨리 더 넓게 알려지는 현상을 Streisand effect라고 부릅니다.

CIA 같은 정보기관이 비밀작전을 펼쳤을 때 원하는 결과는 잘 나오지 않고 자국, 우방, 무고한 일반인들이 피해를 입게 되는 경우가 간혹 있습니다. 이러한 의도치 않은 결과를 Blowback이라고 부릅니다.

114 cobra effect와 hydra effect

엉뚱한 결과를 초래한다는 면에서 cobra effect도 Streisand effect와 유사합니다. 영국이 인도를 지배할 때 코브라에 의한 인명사고가 많아지자 당국은 코브라를 잡아오면 포상금을 지불하는 정책을 실시했습니다.

그러자 인도인들은 코브라를 잡아 사육하며 개체 수를 더 늘렸고, 사육한 코브라를 당국에 가져가 더 많은 포상금을 받았습니다. 당국이 이 사실을 알고 포상금을 중단하자 사육하던 코브라를 야생에 내다 버려 정책시행 이전보다 코브라의 수가 더 많아지는 황당한 결과를 낳았습니다.

hydra effect=hydra paradox라는 것도 있습니다. 고대 그리스의 전설에 몸통 하나에 머리가 여럿 달린 괴물이 있었는데 죽이려고 머리 하나를 자르면 자른 곳에서 머리 두 개가 다시 생겨났다고 합니다. 이 괴물에 비유하여 문제 하나를 해결하려다 또 다른 다수의 문제가 발생하는 난처한 상황을 hydra effect라고 부릅니다.

115 IKEA 효과는 자신감 없는 사람에게 잘 먹힌다

IKEA 가구는 구매 후 집으로 가져와서 조립해야 하는 것이 특징입니다. 자신의 노동력과 정성이 투입되었기에 남들보다 그 제품의 가치를 더 높게 평가하게 됩니다. 이것을 IKEA effect라고 부르는데 평소에 자신감이 부족한 사람에게는 이 효과가 더 크다고 알려져 있습니다.

이와 유사한 효과가 endowment effect입니다. 형편이 안 좋아서 자신이 아끼던 골동품을 팔았으나, 나중에 여유가 생겨서 그 물건을 다시 구입하게 될 때 시세보다 더 높은 가격을 매기는 것이 이 효과입니다. 소유 효과라고 번역하고 있는데 약간 의역한 듯합니다endowment: 기부, 자질.

IKEA effect와 반대인 개념은 Not-Invented-Here syndrome입니다. 내가 또는 우리가 만든 것이 아니기 때문에 평가절하하게 되는 경향입니다. 그 원인은 낯선 것에 대한 단순한 거부감, 정보부족으로 인한 품질에 대한 불안감, 질투, 패거리 의식tribalism, 텃세권 다툼turf war 등 다양합니다.

116 Detroit는 흑인 뮤지션들의 요람

Michael Jackson이 꼬마 시절 형들과 활동했던 그룹인 Jackson Five를 포함해서 Diana Ross, Lionel Richie와 Commodorescommodore: admiral 아래 계급인 해군장성 그리고 Stevie Wonder 등 유명 흑인 뮤지션들은 Detroit의 Motown Records와 인연을 맺으면서 대박을 치거나 대박의 기반을 다집니다. 이 중에 Diana Ross가 소속되었던 3인조 흑인 여성 걸그룹이 the Supremes인데, 이들을 motif로 해서 제작된 영화가 Beyoncé와 Eddie Murphy가 출연한 Dreamgirls2006년작라는 영화입니다.

Motown은 Motor와 Town을 합성한 표현으로 자동차의 도시인 Detroit의 몇 가지 별명 중 하나입니다. Ford 자동차 공장에서 정비사로 일하기도 했던 Motown Records의 창업자인 Berry Gordy Jr.도 역시 흑인입니다. 그는 "조립라인의 부품이 합쳐져서 완성차가 되듯이 Motown Records에 들어온 자는 비록 길 가던 꼬마아이라도 문을 나설 때는 스타가 될 것이다"라는 각오를 밝히며 회사 slogan을 'Sound of Young American'이라고 정합니다.

1960~70년대의 Motown music은 Mowtown Sound라고

불리는데, 그 특징은 흑인 냄새 가득한 "funky, soulful, and groovygroovy: 소울 특유의 swag 느낌이 있는"였고 Beatles의 British Invasion에 맞선 미국 소울의 자존심이었습니다.

참고로 흑인들이 주인공인 Motown music이 아닌 백인들이 추구한 Mowtown 분위기의 음악은 '짝퉁' Motown이라는 뜻을 지닌 Fauxtown music이라고 불립니다faux: false에 해당하는 프랑스어/발음: 포우.

Detroit의 Motown Records 소속
흑인 뮤지션들

117 수학 잘하는 Asian은 백인의 전자계산기에 불과?

2016년 2월 오스카상 시상식에서 배우 Chris Rock은 투표집계를 관장하는 회사의 직원 세 명을 소개한다고 하면서 정장을 차려입은 아시아계 '초딩' 세 명을 등장시킵니다. '장차 훌륭한 회계사가 될 세 분'이라고 조롱하듯 말하며 모든 Asian American은 수학을 잘한다는 고정관념인 math stereotype을 웃음의 소재로 사용합니다. '오스카상 투표관리 회사=회계사=math stereotype'을 등식으로 보는 썰렁한 농담입니다.

Asian의 우수한 수학 실력 자체가 문제 될 것은 없습니다. 다만 터줏대감인 본토인들은 그 사실을 'Asians are just obedient drones아시아인은 말 잘 듣는 드론에 불과해'라고 해석하는 것이 문제입니다. Asian을 자신이 부리는 전자계산기 정도로 여긴다는 거죠. 학창시절 수학을 잘하면 세상물정 모르고 스포츠 싫어하는 공부벌레라는 뜻의 nerd 취급을 받는 사례는 드문 일이 아닙니다.

심지어 Asian 엄마들, 특히 자녀성적에 욕심 많고 엄격한 tiger mom들을 '디스'하는 다음과 같은 조크도 있습니다; 자녀의 수학성적이 A라면 'Average', B는 'Below average', C라면 'Can't have dinner', D는 'Don't come home', F는 'Find a new family'

그렇다면 미국에서 수학 못해서 가장 서러운 학생은? 수학 못하는 아시아계 학생입니다. 학교에서는 "Asian인데 수학을 못해?"라는 핀잔을 듣고 집에서는 엄마에게 '개무시'당하니까요.

오스카상 시상식
배우 Chris Rock과 아시아계 어린이 세 명

118 Sun Dance, Sundance Kid, Sundance 영화제

Sun Dance는 미시시피 강 유역의 인디언들이 초여름에 태양을 숭배하며 행하던 의식입니다. 큰 나무기둥을 세우고 태양을 보고 먹지도 않고 하루 종일 춤을 춥니다. piercing을 하는 잔인함 때문에 연방정부가 단속하면서 의식내용을 순화시키거나 비밀리에 하고 있습니다.

Butch Cassidy가명와 Sundance Kid별명는 20세기 초 은행과 열차를 털던 유명한 2인조 강도입니다. 이들은 경찰에 쫓겨 다니다 아르헨티나를 거쳐 볼리비아까지 가는데 그곳에서 사살당합니다. 이들의 이야기를 1969년에 영화로 만든 것이 Butch Cassidy and the Sundance Kid입니다. Paul Newman과 Robert Redford가 각각 Butch Cassidy와 Sundance Kid 역할을 했고 우리나라에서는 <내일을 향해 쏴라>는 멋진 제목으로 개봉되었습니다. 일본에서 개봉된 이름을 그대로 베꼈다는 점이 씁쓸합니다. 'Raindrops keep falling on my head'라는 감미로운 삽입곡으로도 유명합니다.

Robert Redford가 주축이 되어 1978년에 The Sundance Film Festival이라는 영화제가 만들어졌습니다. 독립영화와 다큐영화 전문이며 매년 유타주에서 열립니다.

119 Sophie's Choice 속 고통스러운 dilemma

dilemma의 di는 두 개라는 의미인데 di를 tri세 개, tetra네 개, poly여러 개로 바꿔서 trilemma, tetralemma, polylemma라고 써서 선택정확히는 원치 않는 선택의 개수를 늘릴 수도 있습니다. dilemma를 idiom으로 묘사한 표현이 between the devil and the deep blue sea와 between a rock and a hard place입니다. '악마 vs. 심연' 또는 '바위 vs. 단단한 바닥'…. 그 어느 것도 원치 않는 선택일 겁니다.

17세기 영국에서 말 렌트업을 했던 Thomas Hobson이라는 사람은 고객에게 '가장 가까운 곳에 있는 마구간의 말을 고르든지 아니면 빌리지 말든지'라는 배짱영업으로 유명세(?)를 얻었습니다. 그래서 생긴 표현이 Hobson's Choice입니다. 사실상 하나의 선택을 의미하고, '주는 대로 받아먹든지 싫으면 꺼져'라는 뜻인 'Take it or leave it'과 같은 맥락입니다.

자동차의 거물 Henry Ford가 T Model을 런칭하면서 "You may pick any color, so long as it is black"이라고 말했다고 '잘못' 알려지면서 잠시 Hobson's Choice라는 비난을 받은 적이 있습니다. 실제로는 여러 색상으로 출시되었습니다.

하나를 선택하면 나머지 하나는 죽거나 망하게 되는 dilemma를 Sophie's Choice라고 부릅니다. 이것은 원래 소설의 제목인데 동명으로 Meryl Streep이 주연한 영화도 있습니다. 나치 수용소에서 독일군 장교는 Sophie에게 두 명의 자식 중 한 명은 가스실로 보내고 한 명은 강제노동을 시킬 것이라는 얘기를 듣게 되고 어느 아이를 선택할지를 Sophie에게 맡깁니다. 이러한 선택 아닌 선택을 Sophie's Choice라고 부릅니다.

영화 <Sophie's Choice>

120 James Bond의 신무기 담당 할아버지 이름이 Q인 이유

James Bond의 연관 검색어를 알아보겠습니다. 일단 그는 영국의 비밀 정보부인 SIS Secret Intelligence Service 소속의 비밀 공작원입니다. SIS는 MI6 MI는 Military Intelligence라는 별칭으로 더 유명하죠. 이 기관은 대부분이 대통령 직속의 독립기관인 다른 나라의 비밀 정보부와는 다르게 외무부 소속입니다. 하지만 모든 보고를 장관이 아닌 수상에게 직접 하는 것으로 알려져 있습니다.

Bond가 MI6 본부를 방문할 때 반드시 등장하는 세 사람이 있습니다. M, Q, Moneypenny가 그들입니다. M은 MI6의 수장이고 Q는 Bond를 위해 각종 신무기를 제공해주는 보급담당입니다. Q라는 이름은 군대에서 보급품을 담당하는 보직을 quartermaster라고 부르는 것과 관련 있습니다. Moneypenny는 M의 비서입니다.

영화 007〈Skyfall〉편에서는 최초로 흑인 배우인 Naomie Harris가 Moneypenny 역할을 맡았습니다. Money에서도 penny에서도 온통 돈 냄새가 나죠? 그래서 Moneypenny는 투자 자문회사 등 금융 관련 소규모 회사의 이름으로 심심치 않게 사용됩니다.

007 영화 시리즈와 관련된 비판에서 항상 등장하는 것이 sexism과 jingoism입니다. 전자는 여성을 남성의 부속물로 보고 차별하는 편견이고, 후자는 외교정책에서의 광적이고 폭력적인 애국심과 민족주의입니다. jingo의 유사어가 chauvinist맹목적 애국주의자입니다.

영화 007 시리즈에 등장하는 Q들

121 '와호장룡'의 미국식 해석

2000년에 개봉된 대만 출신 Ang Lee 감독이안 감독 연출, 주윤발, 양자경 출연의 영화 'Crouching Tiger, Hidden Dragon와호장룡'은 미국에서 개봉된 외국어 영화 중 역대 최다관객이 관람한 1,200만 명 의미 있는 영화입니다.

Sense and Sensibility, Brokeback Mountain, Life of Pi 등 수작을 연출한 이안 감독은 영미권에서 인지도가 가장 높은 외국인 감독입니다. 그래서 Crouching Tiger와호와 Hidden Dragon장룡의 의미를 알고 있는 원어민들도 상당히 많습니다.

몸을 웅크리고 있는crouching 호랑이와 숨어있는 용이라는 의미의 와호장룡은 '진정한 영웅 또는 강자는 보이지 않는 곳에 조용히 있다'라는 고대 중국의 격언입니다. 미국인들은 한 발 더 나아가 누가 crouching tiger인지 hidden dragon인지 모르니 항상 'Never underestimate anybody누구도 과소평가하지 마라'라고 자만하지 않는 마음자세로 해석하기도 합니다.

122 직원이 똑똑해도 리더가 멍청하면 속수무책

호랑이가 나왔으니 사자 이야기도 하나 소개하고자 합니다. Lions led by donkeys라는 표현은 1차 세계대전 당시 무능력한 영국군 지휘부donkeys에 의해 용맹한 군인들lions이 거의 모두 몰살당한 작전에서 생긴 표현입니다. 물론 이 표현이 원조는 아닙니다.

기원은 먼 옛날 고대 그리스까지 거슬러 올라갑니다. 영웅전을 썼던 고대 그리스의 역사가인 Plutarch는 'An army of deer commanded by a lion is more to be feared than an army of lions commanded by a deer'라고 말했습니다. 아라비아에도 'An army of sheep led by a lion would defeat an army of lions led by a sheep'이라는 격언이 있었습니다.

두 문장 모두 정확한 해석을 하지 않아도 leader가 용기없고 멍청한 deer와 sheep이면 부하 군인이나 직원이 아무리 능력 있고 용맹스러운 lion들이어도 백전필패라는 의미라는 것을 쉽게 알 수 있습니다.

123 Bruce Lee의 공식 사망원인 death by misadventure가 뭐지?

나라마다 분류방식은 조금씩 다를 수 있지만, 영미권에서 사고사는 보통 death by accident와 death by misadventure로 나뉩니다.

전자는 말 그대로 단순 사고사이고 후자는 위험성을 알면서도 감행하다 당한 사고사입니다. 기네스북에 기록을 남기려고 고층건물의 외벽을 맨손으로 오르다 추락사한다면 death by misadventure입니다. 과다한 약물복용으로 인한 사망도 전후 상황을 고려하여 death by misadventure로 기록될 수 있습니다.

Bruce Lee의 사망이 바로 그런 사례입니다. Bruce Lee이소룡의 경우 사망 두 달 전에도 뇌부종으로 쓰러졌는데 그 이후에도 고순도의 대마초를 피웠고 사망 직전 근이완제가 포함된 진통제를 복용해서 뇌부종이 심해져서 사망했습니다. 직접사인은 뇌부종, 포괄적 사인은 약물 과다복용으로 인한 death by misadventure로 기록됩니다.

그는 Jeet Kune Do줄여서 JKD; 절권도라는 자신만의 무술 장르를 개척하여, 물처럼 부드럽게 움직이라는 의미로 'Be water!', 'Not to be rigid, but to be fluidrigid; 딱딱한, fluid; 유동적인'

로 자신의 JKD를 요약했습니다.

그의 사망 이후 Bruce-alike로 불리는 '짝퉁' Bruce Lee를 캐스팅한 영화제작이 유행했는데 그런 제작방식이나 관행을 Bruceploitation이라고 불렀습니다. Bruce와 exploitation 이용, 착취의 합성어입니다.

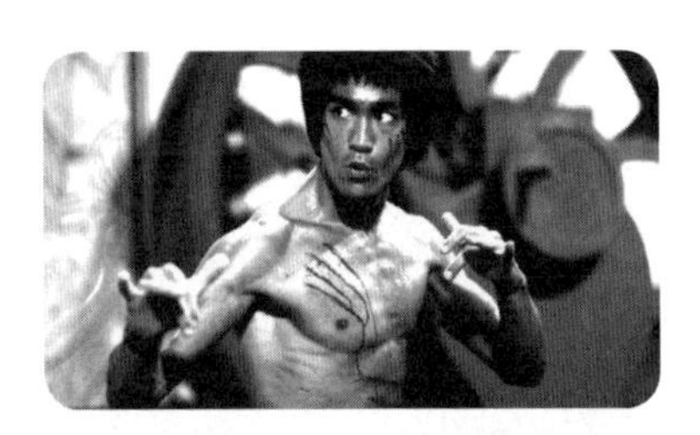

Bruce Lee와 그의 무덤

124 starfish sex는 어떤 sex?

sex 앞에 붙는 다양한 수식어가 있습니다. vanilla sex는 '범생이'형 sex, 즉 정상 체위로 하는 교과서적인 sex입니다. missionary선교사가 정상 체위를 권장했다고 해서 missionary position sex라고도 합니다.

아이스크림의 가장 기본적인 flavor가 vanilla여서 vanilla가 '기본적인'이란 의미로 사용되었습니다. 도구나 특정 직업의 복장을 이용하거나 가학/피학적 행위를 하는 변태적인 sex는 kinky sex라고 부릅니다. kinky는 원래 흑인의 머리카락처럼 곱슬거린다는 의미의 형용사로 straight와 대비됩니다. 일직선에 상반되는 구부러진 것이고 그것을 변태라는 의미로 해석합니다. 아이스크림에서 vanilla 다음으로 많이 사용되는 flavor가 chocolate입니다. 사용빈도는 낮지만 chocolate sex도 가벼운 kinky sex의 의미를 가지고 있습니다.

sex를 원치 않는 여성이 어쩔 수 없이 '대주는' 체념형 sex가 starfish sex입니다. 이런 경우 여성은 팔다리를 starfish불가사리처럼, 즉 '큰 대자'처럼 하고 섹스가 빨리 끝나기만 기다린다는 의미에서 starfish라는 수식어가 붙었습니다.

make-up sex는 언쟁 후 make-up화해을 위해 하는 sex이고, casual sex는 일종의 one night stand입니다. non-penetrative sex는 표현 그대로 삽입하지 않고 즐기는 sex입니다. intercourse삽입가 없다고 해서 outercourse로 불리기도 합니다.

consensual sexconsensual; 합의된는 서로 합의하에 하는 sex입니다. 당연히 nonconsensual sex는 강제성이 있는 sex이기 때문에 형사적 문제가 뒤따를 수 있습니다.

starfish sex는 여자가 starfis처럼 뻗어 있다는 데서 빗댄 sex이다

125 small penis rule이란?

작가들이 명예훼손을 피하고자 사용하는 기법이 small penis rule입니다. 예를 들어 어느 작가가 실존인물인 Lionel이라는 사람을 자신의 글에서 언급할 때, 일단 Lyonel로 철자 하나를 바꾸고 그를 변태 성욕자로 설정합니다. 사실 철자 변경은 해도 되고 안 해도 됩니다. 그리고 Lyonel에 관한 나머지 부분을 실존인물인 Lionel과 100% 일치하게 씁니다.

이 경우 Lionel이 작가에 대하여 명예훼손 소송을 걸 용기가 잘 생기지 않습니다. 소송을 걸면 Lionel 자신이 졸지에 변태 성욕자라는 것을 인정하는 꼴이 되기 때문입니다. 사실이든 아니든 자신의 penis가 쥐꼬리만 하다고 만천하에 오해받는 것을 원하는 남성은 없을 겁니다.

또한 가수 나모 씨처럼 기자들 앞에서 허리띠를 풀까 말까 하는 소동을 일으키고 싶지도 않을 겁니다. 이렇듯 small penis는 인정할래야 인정할 수 없는 '허구의' 단점이나 불명예에 대한 metaphor입니다. 작가에게는 방패막이가 되는 유용한 설정입니다.

그러나 이 기법은 defamation and libel명예훼손을 엄격하게 적용하는 미국 등에서나 가능하지, 피해자가 불쾌하다고 느긴다면 거의 모든 명예훼손 소송이 먹히는 우리나라에서는 무용지물입니다. 참고로 defamation은 일반적인 명예훼손이고 libel은 그중에서도 출판물에 의한 명예훼손이라는 뜻입니다.

small penis rule이 참조되었던
Michael Crichton의 소설

126 'Lady Chatterley's Lover'라는 문학작품은 얼마나 야할까?

1928년에 출간되었다가 판매 금지당한 이 작품에는 얼마나 야한 표현들이 나올까요? 그리고 판매금지는 합당했을까요? 작품 수준으로는 정통 문학작품입니다.

하지만 성적인 묘사에서 섹스 후 '줄어든' 남성의 성기를 the poor, insignificant, moist little penis'라고 적나라하게 쓴 점, fuck의 빈번한 사용, 지금 써도 민망한 cunt여성 성기의 속된 표현라는 단어의 사용과 시대가 지금보다 거의 100년 전이라는 것을 종합해보면, 이 작품이 박해받은 것이 이상해 보이지는 않습니다. 표현 자체도 문제였지만 기본구도가 사실상 하인인 gamekeeper주인의 사냥터 관리인와 안주인인 차탈레 부인이 몸을 섞는 사랑을 나누며 여성에게 정신적 사랑보다 육체적 사랑이 더 큰 의미일 수도 있다는 점을 강조했다는 것이 당시 사람들에게는 용납될 수 없었습니다.

작품을 쓴 D. H. Lawrence도 작품 속 차탈레 부인도 사회규범을 무시하는 삐딱이를 뜻하는 non-conformistconformist: 순응하는 사람라는 비난을 피할 수 없었습니다.

참고로 작품 속에서 차탈레 부인의 남편이 Great War에 참전했다가 하반신이 마비되는 것으로 나오는데, Great War

는 1차 세계대전을 의미합니다. 당시 시점으로는 2차 세계 대전이 일어날 것으로 예상한 사람은 없었을 테니까요.

작가 D. H. Lawrence

소설 <Lady Chatterley's Lover>

127 lipstick lesbian vs. chapstick lesbian

lesbian couple끼리도 상대적으로 여성적 성향을 더 많이 표현하는 쪽을 lipstick lesbian, 남성성을 더 보이면 chapstick lesbian이라고 부릅니다.

lipstick은 여성의 상징으로 붙은 수식어이고 chapstick은 lip balm의 대표 브랜드인 Chapstick이 origin인데 lipstick과 rhyme을 맞추기 위해서 입니다. lip balm은 남성도 사용하기에 그 수식어가 되었습니다.

스포츠형의 짧은 hair style을 butch라고 부르는데 그 앞에 여성의 의미로 soft를 붙인 soft butch도 chapstick lesbian이란 뜻입니다. 모두 다 그런 것은 아니지만 soft butch들은 치마보다는 바지, 긴 머리보다는 남성적인 짧은 헤어스타일을 선호하는 경우가 많습니다.

gay는 남성 동성애자라는 협의의 뜻도 있지만 LGBT성소수자 전체를 가리키기도 합니다. 그래서 gay pride는 협의의 gay남성 동성애자가 아닌 LGBT 전체의 자존감, 자부심을 의미합니다. 물론 이것에 못마땅해 하는 반발심으로 생긴 hetero-sexual이성애자들의 straight pride도 있습니다.

queer는 광범위한 의미의 gay처럼 LGBT 전체를 지칭하는 umbrella term포괄적 어휘입니다. queer parade, queer film 등으로 활용되고 있습니다.

soft butch

queer parade

128 미군들끼리는 동성애자인지 '묻지도 않고 따지지도' 않는다

1917년부터 1947년까지 미국에서는 동성애자 군인들이 발각될 경우 강제로 제대를 당했습니다. 당시 이것을 blue discharge(discharge: 제대, 방출)라고 불렀습니다. 그러나 여기 또한 차별적 의미가 담겨 있어서 상대적으로 흑인이 더 많은 피해를 보았습니다.

blue discharge는 1947년에 공식적으로 없어졌지만 그 이후에도 현장의 부대장들은 부대원들 중 누가 LGB(당시에 transgender는 없었음)인지 꾸준히 파악하였고, 알게 될 경우 일정한 절차를 통하여 솎아냈습니다. 그러다 1990년대에 Clinton이 집권하면서 'don't ask, don't tell' policy가 정립되어 누구든 상대에게 LGB 여부를 묻거나 답하지 못하게 했습니다.

얼마 후 한발 더 나아가 'don't ask, don't tell, don't pursue, don't harass' policy가 자리를 잡습니다. don't pursue는 의심이 가는 상대가 있어도 집요한 추적이나 추궁을 하지 말라는 것이고, don't harass는 혹시 알게 되더라도 그냥 놔두지 괴롭히지 말라는 것입니다. Obama 행정부에 들어와서는 LGB임을 공개해도 입대와 군 생활에 지장을 받지 않음을 원칙으로 하고 있습니다.

129 BDSM은 변태들의 기본 행동강령

kinky는 원래 흑인의 곱슬거리는 머리카락을 의미하는 형용사'곱슬거리는'이지만 곱슬거린다는 것은 straight=heterosexual; 이성애의가 아니라는 의미이므로 '성적으로 변태적인perverted'이라는 뜻으로도 사용됩니다. 그래서 변태적인 섹스를 kinky sex라고 부릅니다.

도구를 이용하는 것도 kinky하지만, kinky sex의 핵심은 BDSM입니다. Bondage묶음, 속박, Discipline엄한 규율, Sadism가학적 성도착증, Masochism피학적 성도착증을 의미합니다. 어떤 이들은 중간의 D와 S를 Dominance지배와 Submission복종으로 보기도 합니다. 무엇의 약자이든 섹스 파트너를 묶어서 엄하게 군기를 잡고 복종시키는 등 보통의 정서를 가진 사람들은 흉내 내기도 힘든 짓임은 분명합니다.

그래도 자기들끼리는 SSC라는 원칙을 지키려고 노력한다고 합니다. Safe, Sane제정신의, Consensual상호간에 합의된의 약자로서 도구를 이용하여 묶거나 입을 테이프로 막아도 안전을 먼저 생각합니다. SSC는 약물 등을 복용하지 않은 맨정신에서 하며, 상대가 거부하면 하지 않는다는 의미입니다.

130 Andy Warhol이 연출한 영화의 제목들

factory와 관련된 표현 중에는 CIA미국, MI-5영국, KGB러시아 등 정보기관을 의미하는 별명인 Spook Factory와 Andy Warhol의 New York City studio의 이름인 the Factory가 대표적입니다. '유령, 도깨비'라는 기본적 뜻의 spook에는 '스파이, 공작요원'이라는 뜻이 있습니다. 따라서 spook factory는 스파이 양성기관이란 뜻입니다. 2002년 Season 1부터 2011년 Season 10까지 방영된 Spooks라는 제목의 영국 첩보 드라마도 있었습니다.

Andy Warhol의 the Factory는 그의 작업실이기도 했지만 그와 친분이 있는 성소수자들, 히피들, 기타 여러 전위적 예술가들을 위한 hipster hangout이었습니다hipster: 반문화적이거나 히피적 성향인 사람/hangout: 즐겨 찾는 곳.

Andy Warhol은 이들과 함께 또는 이들에게서 영감을 받아 여러 작품을 창작했는데 그중에는 약 70편의 영화도 있습니다30분 분량의 단편영화, 무성영화 포함. 영화 제목 중 Hand Job자위행위, Blow Job=fellatio: 여성이 남성에게 하는 oral sex, Blue Movie포르노 영화, My Hustler나의 창녀가 제목이 튀어서 소개해봅니다.

131 wishful thinking과 wishful seeing

wishful thinking을 희망 사항으로 번역한다면 오역입니다. '근거가 불확실한 희망적 해석이나 관측'이 무난한 번역으로 보입니다. 내가 짝사랑하는 이성이 있는데 어느 날 그 또는 그녀가 나를 보고 환하게 웃는 것을 '나를 좋아하는구나'라고 오버하는 해석을 하는 것이 wishful thinking의 간단한 사례입니다.

wishful seeing도 비슷한 개념입니다. 한참을 돌아다녀도 주차할 공간을 못 찾다가 겨우 구석에 한자리를 발견합니다. 동승자들은 주차하기에 좁아 보인다고 하지만 자신의 눈에는 여유 있는 주차가 가능해 보입니다. 이번에는 무조건 주차해야 한다는 강박 심리가 그 공간을 운동장만하게 보이도록 만드는 겁니다. 이것이 wishful seeing입니다.

wishful thinking, wishful seeing 둘 다 optimism bias상황을 무조건 낙관적으로 보는 편견라는 심리학적 개념에 속하며 cherry picking과의 연관성이 깊습니다. 나에게 유리하고 내가 기분 좋게 느끼는 정보만 받아들이는 심리를 cherry picking이라고 합니다.

132 victim blaming과 victim playing

성추행이나 성폭행당한 여성에게 "평소 행실이 어땠길래 그런 일을 당하냐? 절반은 네 책임이다"라고 말하며 오히려 피해자를 탓하는 무책임한 태도와 사고방식을 victim blaming이라고 부릅니다.

반면 상대를 괴롭혔다는 사실을 여러 사람이 알게 되고 문제가 커지면 "그동안 나도 당한 게 많고 힘들었다. 사실상 둘 다 피해자다"라고 반격하며 '피해자 코스프레'를 한다면 그것은 victim playing입니다. self-victimization도 같은 뜻이며 이러한 상습적인 victim player를 professional victim이라고도 부릅니다.

fashion과 관련해서는 fashion victim이 있습니다. 철마다 때마다 업체가 주도하는 유행에 맞춰 자신을 치장하지만 전혀 어울리지 않아서 사실상 디자이너들의 '호갱' 역할만 하는 사람을 가리킵니다. 단순히 패션감각이 없어서 주변 사람들의 어이없는 실소를 자아내는 fashion terrorist와는 성격이 다릅니다.

사실 fashion terrorist라는 표현은 원어민들이 알아듣지만 그다지 즐겨 쓰지는 않습니다. 오히려 끔찍하게 차려입은 모습 자체를 가리키는 fashion disaster가 더 임팩트 있고 자연스러운 표현입니다.

victim blaming을 비판하는 시위 중인 여성들

fashion disaster

133 Othello syndrome과 Othello error

Shakespeare의 4대 비극 중 하나인 Othello는 베니스의 이방인 출신 장군인 Othello가 그에게 앙심을 품은 부하의 농간과 조작된 증거에 눈이 멀어 아내가 바람을 피운다고 확신하여 그녀를 교살한다는 것이 내용의 중심입니다. 이 작품에서 유래한 두 가지 심리학적 개념이 Othello syndrome과 Othello error또는 mistake입니다.

흔히 의처증이나 의부증으로 불리는 Othello syndrome은 delusion of infidelity부정망상, pathological jealousy병적인 질투의 또 다른 표현입니다. Othello error는 의심과 선입견에 눈이 멀어 상황을 전체적으로 그리고 합리적으로 판단하지 못하고 저지르는 돌이킬 수 없는 큰 실수입니다.

제정신이 아닌 상황에 놓인 '환자'를 지배하는 두 악마가 있습니다. 바로 confirmation bias확증편향와 cherry picking입니다. 전자는 한번 뇌에 인식된 선입견이나 편견은 강력한 반대증거가 나오지 않는 한 또는 그런 증거가 나와도 바뀌지 않는다는 것이고, 후자인 cherry picking은 확증편향에 힘입어 자신의 잘못된 믿음에 부합하는 증거나 증언에만 귀 기울이고 눈여겨보는 편협된 심리상태를 가리킵니다.

참고로 cherry picking은 마케팅 용어로도 사용됩니다. 가령 자신의 소비성향에 맞는 혜택을 많이 주는 신용카드의 멤버쉽에 가입한 후 그 혜택만 이용하고 다른 지출은 거의 하지 않는 행위를 cherry picking이라고 하며, 그런 소비자를 cherry picker라고 부릅니다.

10층 전후 건물의 유리창을 닦거나 전신주 보수를 위해 사람이 탑승 가능한 사다리차도 역시 cherry picker라고 부릅니다.

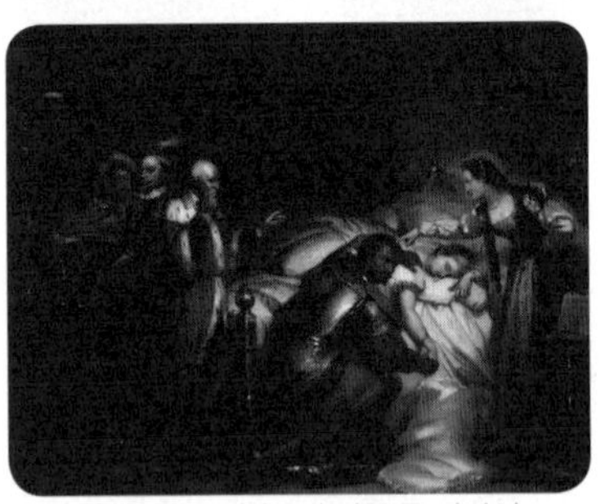

Shakespeare의 4대 비극 중 하나인
<Othello>

134 Frankenstein complex와 Frankenstein argument

인간이 인공지능을 갖춘 robot과 android인간 모습의 robot를 접할 때 '호감-비호감-호감'의 3단계를 경험하며 robot을 받아들인다는 심리학 이론이 있습니다. 성능이 인간보다 못한 1단계에서는 호감을 보이지만 인간과 거의 비슷하다고 느끼는 2단계에서는 비호감두려움을 가집니다. 그리고 3단계에서 인간을 넘어선다고 느끼면 다시 호감을 느낀다는 겁니다.

두 호감 사이에 호감도가 뚝 떨어지는 2단계 부분을 valley에 비유하여 uncanny valleyuncanny; 섬뜩하게 기분 나쁜라고 부릅니다. 인공지능이 인간을 배신하고 더 나아가 인간을 지배할지도 모른다는 두려움을 Frankenstein complex라고 하는 점에서 uncanny valley도 이와 무관하지 않을 것 같습니다.

장애, 질병, 노화, 죽음에 대처하기 위해 인체에 고성능 기계장치와 인공지능을 적극적으로 결합하자는 주장과 이에 신중해야 한다는 주장이 충돌하고 있는데 이런 갈등을 Frankenstein argument라고 합니다. 이런 최첨단 기술이 인체에 장착된 '신인류'를 posthuman 또는 transhuman이라고 부릅니다. 감성이 거의 없고 매사에 기계처럼 딱딱한 사람은 automaton이라고 부릅니다.

135 'Keeping up with the Joneses', 허세 심리를 요약해주는 idiom

'Keeping up with the Joneses'는 1913년에 시작하여 26년간 미국의 한 신문에 연재된 comic strip4단 만화의 제목입니다. 이웃, 친구, 친척 간에 일어나는 사소한 갈등과 우스운 상황을 소재로 한 만화입니다. 이 만화가 인기를 끌게 되면서 제목 자체가 '무리하게 옆집 생활 수준을 쫓아가'라는 뜻의 idiom으로 자리 잡습니다.

the Joneses는 'Jones네 가족', 즉 옆집 사람, 동기동창, 친인척을 상징하는 가상의 주변 가족입니다. 이 표현 하나로 자본주의에서 특히 잘 나타나는 다음 표현들이 깔끔하게 설명됩니다; conspicuous consumption과시적 소비, relative deprivation상대적 박탈감, herd behavior남이 하면 무뇌아적으로 일단 따라 하고 보는 무리 행동/herd: 무리, 떼, status symbol지위나 신분의 상징이 되는 물건이나 상품, veblen goods가격이 오르면 수요가 증가하는 제품, prestige pricing=premium pricing; 최고가 정책.

인간은 남을 의식할 수밖에 없도록 프로그램되어 태어났기 때문에 죽을 때까지 Jones네 가족에게 뒤처지고 싶지 않을 겁니다.

136 just world hypothesis란 무엇인가?

just world fallacy공정한 세상 오류라고도 불리는 '공정한 세상' 가설을 요약해주는 일상적인 문장이나 격언이 'You get what you deserve노력한 만큼 얻는다'와 'You reap what you sow뿌린 대로 거둔다'입니다. 열심히 노력해서 좋은 결과를 얻는 경우에 이런 표현을 쓰는 것은 별 문제가 되지 않습니다. 하지만 본인 의지와 전혀 관계없이 불행한 일을 당한 경우에도 이 논리를 적용한다는 점이 just world hypothesis의 약점입니다.

왕따당하는 사람에게 "본인에게 문제가 있으니 저렇게 된 거야"라고 비난하거나 강간당한 여성을 두고 "남자에게 뭔가 빈틈을 보였거나 빌미를 줬겠지"라고 오히려 피해자를 비난하는 것victim blaming이 대표적인 오류 사례입니다. 이런 오류를 진리로 믿는 사람들은 보통 자비, 동정, 복지, 소외계층 우대정책affirmative action 등의 개념에 인색합니다. 그들이 말하는 just는 자신이 원하는 것을 얻으려는 노력에 대한 자화자찬식 수식어에 불과합니다.

불행한 사람에게 그들이 자주 하는 혼잣말은 'He asked for it자기가 자초한 거지'과 'Chickens come home to roost자업자득'

입니다. 여기서 chicken은 자신이 저지른 과거의 잘못이나 나태함을 상징하며 roost는 닭장입니다. 해가 지면 닭이 닭장으로 돌아오듯 저지른 실수나 잘못도 반드시 자신에게 부메랑처럼 되돌아와 피해를 준다는 의미입니다.

Just world theory

137 영화 속 DiCaprio는 cold reading의 대가

천재 사기꾼 Frank Abagnale의 실제 이야기를 소재로 한 영화가 Leonardo DiCaprio 주연의 'Catch Me If You Can'입니다. 영화 속의 그는 수표위조, 신분위조가 주 종목입니다.

사기꾼에 대한 일반적인 표현으로는 imposter와 swindler가 있지만 약간 품위 있게는 confidence man줄여서 con man과 con artist가 있습니다. 또한 이들의 사기극을 confidence game이라고 합니다. 사기를 치려면 상대방의 신뢰confidence를 얻는 것이 기본이니까요.

사기꾼은 대개 신분위장을 하는데, 이런 사람을 그냥 pretender라고 부릅니다. 사기꾼은 cold reading에도 뛰어납니다. 원래 점쟁이나 심령술사들이 고객의 외모, 제스처, 말투, 특정 문장, 소지품 등을 통해 얻어내는 상대에 대한 정보습득 방법을 cold reading이라고 부르는데, 사기꾼에게도 이 능력은 필수입니다.

Frank Abagnale은 체포되어 12년간 복역 후 지금은 보안 컨설팅으로 잘 먹고 잘산다고 합니다. 그가 credit card와 debit card에 대하여 한 말 중에 인상적인 것이 있어서 소개합니다; I don't use a debit card. The safest thing is a credit card because you are using the bank's money. If someone accesses your information, they are stealing the bank's money, not yours.

debit card를 '디스'하는듯한데, 보안에 초점을 맞춰서 한 말로 이해하면 됩니다.

영화 <Catch Me If You Can>

Frank Abagnale

138 점쟁이들의 기본 테크닉인 three readings

점쟁이들이 고객을 상대할 때 쓰는 세 가지 reading이 cold reading, hot reading, warm reading입니다.

cold reading은 바로 전 코너에서 언급한 영화 속 DiCaprio가 애용했던 방식입니다. 정확성을 높이기 위해서 학력이나 거주지에 관하여 가볍게 질문하기도 합니다.

hot reading은 대기실에 고객으로 위장한 스파이(?)를 침투시켜 상담 전에 신뢰성 있는 정보를 귀띔받는 기법입니다. CIA 등 정보기관이 informant정보원을 이용하여 습득하는 인적 정보인 HUMINThuman intelligence와 비슷하다고 보면 됩니다.

warm reading은 특정 고객만을 위한 사적인 질문 같지만 알고 보면 누구에게나 해당할 가능성이 높은 질문을 던져서 일차적 믿음을 확보하는 얄팍한 기법입니다. "친구나 친척과 문제가 있죠?" 또는 "돌아가신 아버님이 심장이나 뇌에 문제가 있지 않았나요?" 이런 식의 질문이 warm reading에서 쓰는 대표적인 질문입니다.

사실 주변 사람 한둘과 문제없는 사람은 없으며 누구나 사망할 때는 심장이나 뇌에 이상이 있을 확률이 높습니다.

이 reading 삼총사에 몇 가지 부수적인 기법이 추가되고 연기력만 받혀준다면 점쟁이로 먹고 사는 것이 그리 어렵지는 않을 것 같습니다. 참고로 연극에서의 cold reading은 무대 리허설 전에 하는 대본 읽기 연습 또는 오디션에서 대본 읽기 테스트를 의미합니다.

고객을 상대하고 있는 점쟁이

139 soul food와 comfort food

'~ food' 중에 설명이나 교정이 필요한 food를 모아봤습니다. Frankenstein과 food를 합성한 Frankenfood는 GM foodGenetically Modified food; 유전자 조작 식품를 조롱하는 표현입니다. Hillary Clinton이 GE seedGenetically Engineered seed의 선두기업인 Monsanto와 친분이 깊어 GM crop을 옹호하는 발언을 하자 환경단체들이 그녀를 'Bride of Frankenfood'라고 비난한 적이 있습니다bride; 신부.

novel food를 직역하자면 '처음 보는 신기한 음식'인데, 음식으로 섭취한 사례가 극히 적거나 그동안 사용된 적이 없는 제조공정으로 만들어진 음식을 가리킵니다. 특히 EU에서 한약재는 익숙한 식품이 아닐뿐더러 약재로도 쓰지 않기 때문에, 백수오나 가시오가피 등이 통관할 때는 novel food로 분류됩니다. novel food로 취급된 후에는 판매와 판촉활동에 제약을 받습니다.

soul food는 미국 흑인들이 즐겨 먹는 음식입니다. 미국 남부가 원조인데 Native American의 영향을 받기도 했습니다. ham hock과 hushpuppy가 대표적인 음식으로써 전자는 돼지 발목 윗부분을 삶은 요리이고돼지 발은 먹지 않음 후자는 옥

수수 가루를 반죽해서 탁구공 크기로 튀겨먹는 간식입니다.

comfort food는 nostalgia향수와 성장기의 감성을 불러일으키고 '어머니의 손맛'이 느껴지는 음식입니다. 물론 문화권 또는 개인마다 차이가 있습니다.

방송에서 일부 출연자들이 comfort food의 의미로 soul food를 사용하는 경우가 있는데, 이는 잘못 알고 있는 정보입니다.

ham hock

hushpuppy

140 패스트푸드 체인점의 햄버거 패티가 먹기 찝찝한 이유는?

1등급은 Prime, 2등급은 Choice, 3등급은 Select라고 합니다. Prime cut은 전체 생산량의 약 3%에 불과하고 가격이 높아서 최고급 호텔 등 제한된 곳에서만 수요가 있습니다. 대부분의 식당에서 사용하는 Choice는 생산량의 50% 이상을 차지합니다. Prime에 비해 marbling은 적지만 다른 품질은 뒤지지 않습니다. Select beefcut는 marbling이 별로 없고 다소 질겨서 일반 소매상에서 구할 수 있는 최하등급입니다. 그 품질을 'acceptable quality'라고도 표현합니다.

그 밑으로는 Standard, Commercial, Utility, Cutter, Canner가 있습니다. 따라서 전체적으로 8등급 체계입니다. Utility 이하는 소세지 등 육가공 식품에만 사용됩니다.

가장 논란이 되는 것은 8등급에도 속하지 않는 pink slime입니다slime: 진흙 같은 점도의 물체. 도살하고 남은 뼈에 붙어있는 살을 긁어내서 부패 방지용 약품을 첨가한 것으로 pet food 등에 사용됩니다. 주요 패스트푸드 업체들도 한때 햄버거 패티에 사용했고 일부 업체는 지금도 사용 여부를 NCNDNeither Confirm Nor Deny하고 있습니다. 2011년에 McDonald's는 pink slime을 사용하지 않겠다고 공식발표 했습니다.

141 vegetables growing above ground란?

과도한 탄수화물 섭취는 혈당을 높입니다. 이를 낮추기 위해 췌장은 인슐린을 분비하고 다른 몇 가지 호르몬들도 조연 역할을 합니다. 이 과정에서 나른함, 졸림 등을 동반한 식곤증이 생기는데 이것을 영어로 carb coma 또는 food coma라고 부릅니다coma: 혼수상태. 고기를 많이 먹어도 식곤증은 생기지만 탄수화물을 많이 먹을 때 그 증상이 심하다고 해서 carb coma라고 부릅니다.

혈당과 체중조절을 위해 탄수화물을 줄이는 식단을 low carb diet, 한발 더 나아가 탄수화물을 줄이고 지방이나 단백질의 섭취를 늘리는 식단을 각각 LCHFlow carb high fat diet, LCHPlow carb high protein diet라고 부릅니다.

지방이나 단백질도 여러 품질이어서 비싸도 건강에 좋은 재료를 먹으라는 의미로 high 대신 healthy를 쓰는 경우도 있습니다. 한국에서 황제 다이어트로 알려진 Atkins dietAtkins는 의사 이름도 low carb diet의 한 종류입니다. 이런 식단에서 채소의 섭취는 적극적으로 권장하고 있습니다.

아무리 채소라도 좀 가려먹을 필요가 있다는 의미에서 생긴 표현이 vegetables growing above ground입니다. 땅속에서 캐낸 감자나 고구마같이 전분 즉 탄수화물이 많은 구근식물bulb은 가급적 피하라는 의미에서 생긴 표현입니다.

금연할 때 서서히 담배의 개수를 줄이기보다 단칼에 금연하라는 말을 많이 합니다. low carb diet 등도 탄수화물을 단계적으로 줄이지 말고 당장 다음 끼니부터 확실하게 하라는 권고가 많습니다. 이렇게 갑자기 끊는 방법을 cold turkey method, 동사 go를 써서는 go cold turkey라고 합니다.

구근식물 중 하나인 감자

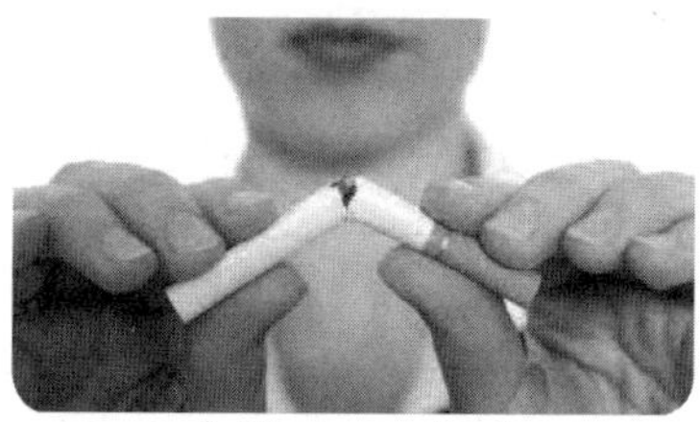

'cold turkey method'

142 Atkins diet(황제 다이어트)도 지나고 보니 흘러간 유행가일 뿐

한때 이건희 회장이 실행해서 재미 좀 봤다는 이유로 유명세를 탄 low carb diet는 Atkins diet가 사실상 그 원조입니다. 이후에도 intermittent fasting간헐적 단식, paleo diet구석기 식단 등 셀 수 없이 많은 diet가 있었지만 '다수의' 사람들이 '꾸준히' 실행하고 있는 diet는 하나도 없습니다. 이들의 실패 원인으로는 일단 unsustainable diet라는 공통점이 있기 때문입니다sustainable: 지속 가능한.

어릴 때부터 뇌와 혀에 각인된 입맛은 본능에 가까워서 단기적인 시도로 식습관을 완전히 바꾸는 것은 불가능합니다. 특히 어릴 적 향수를 불러일으키는 nostalgic food와 엄마의 손맛과 정성이 느껴지는 comfort food를 포기할 수 있는 사람은 거의 없습니다. 일정 기간 diet로 체중을 빼고 원래 식단으로 돌아가면 되지 않느냐고 반문하더라도 그 대목이 weight cycling=yoyo effect의 시작일 가능성이 큽니다.

익숙지 않은 음식을 싫어하는 food neophobia가 인간의 본능인 것도 diet 실패의 원인일 수 있습니다neophobia: 새로운 것에 대한 거부감. 렌틸콩이 좋다고 그동안 안 먹던 그 콩을 여생 동안 억지로 먹는다는 것은 불가능에 가깝습니다.

143 English 말고 Engrish가 있다?

Engrish는 철자나 어법이 틀린 엉터리 영어입니다. king crab을 king crapcrap; 똥으로 표기하거나 뜻을 제대로 모르고 사용하는 'Dick Beer'라는 맥줏집 간판dick; 남성 성기, 'If you had your things stolen도둑맞았으면'을 'If you are stolen'으로 사용하는 것이 대표적인 예입니다.

'broken English=Engrish'로 생각하는 사람들이 많지만, 언어학자들은 'broken English=Engrish+pidgin English'로 정의하기도 합니다.

발음이 pigeon과 같다는 이유로 pigeon English라고도 불리는 pidgin English줄여서 pidgin는 서인도 제도, 필리핀, 인도 같이 영어를 공용어로 쓰는 나라들에서 자생적으로 만들어진 창의적인(?) 영어표현들입니다. 심지어 비영어권 나라인 일본에서 만들어진 nighter야간 야구경기라는 표현도 pidgin English에 포함시킵니다.

원어민 입장에서는 pidgin English가 다소 황당하고 웃겨 보이겠지만, 기존 사고의 틀을 깨는breaking 신선함이 묻어있다는 의미로 broken English가 아니라 breaking English라고 부르는 학자들도 있습니다. 이들은 다양한 pidgin

English로 인하여 English가 한가지가 아니라며 an English 나 Englishes라는 표현도 인정해야 한다고 주장합니다.

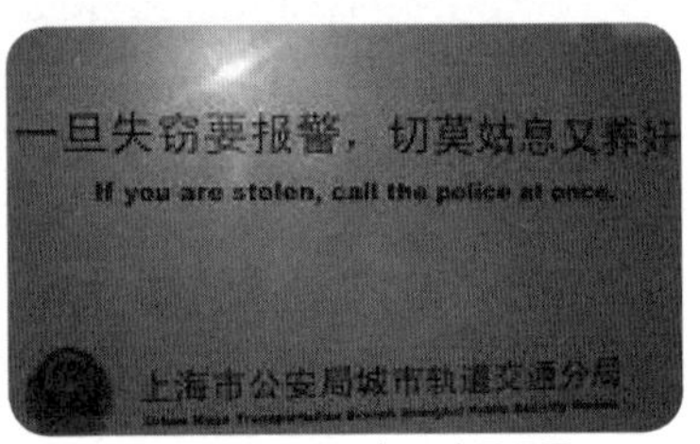

breaking English가 쓰인 문구들

144 남성의 manspreading vs. 여성의 shebagging

대중교통수단에서의 manspreading은 '쩍벌남'의 다리 벌림을 말합니다. 남성 하체의 신체구조가 여성과 태생적으로 다르고 허벅지 두께도 다르니 어느 정도 정상참작이 있어야 한다는 '쉴드'에 대하여 여성들은 어떻게 생각할까요?

또한 manspreading에 버금가는 여성들의 비매너가 shebagging이라는 지적도 있습니다. 지하철이나 버스에서 자리 하나는 그녀she가 차지하고 바로 옆자리에 그녀의 가방bag을 두는 것을 shebagging이라고 부릅니다.

그런데 이런 식의 비꼬는 표현들을 살펴보면 she로 시작하는 표현보다는 man으로 시작하는 표현이 더 많습니다. man과 explain을 합성한 mansplain은 여성들 앞에서 남성들이 하는 어설픈 지식자랑을 비꼬는 표현입니다. man과 interrupt방해하다를 합친 manterrupt는 직장에서 남성들이 여성들에게 오직 '여성이라는 이유로' 업무적으로 태클 거는 모든 언행을 지적하는 합성어입니다.

bro brother, 즉 남성을 의미와 appropriate횡령 또는 착복하다가 합쳐진 bropropriate라는 다소 낯선 표현도 있습니다. 직장에서 여성의 공을 남성이 가로채는 치졸한 행위를 비꼬는 표현입니다.

이 정도면 shebagging은 애교 수준이고 새발의 피처럼 보입니다.

manspreading

mansplain

145 일본 내 채권 Samurai bond와 Shogun bond의 차이점은?

한국에 적을 두지 않은 외국 법인non-Korean entity이 한국에서 원화 표시로 발행하는 채권의 닉네임이 Arirang bond입니다. 자주 있는 경우는 아닙니다. 이 채권의 표시통화가 원화가 아니라면 Kimchi bond라고 부릅니다.

비슷한 식으로 일본에서 발행되는 외국 법인의 채권을 Samurai bond엔화 표시, Shogun bond비엔화 표시라고 부릅니다. 이런 채권의 경우 해당 국가의 특징적인 요소를 포착하여 naming하고 있음을 알 수 있습니다.

채권에 쓰이는 나라별 다양한 닉네임을 소개해봅니다; Bulldog영국, Yankee미국, Rembrandt네덜란드, Matador스페인; 투우에게 최후의 일격을 가하는 메인 투우사, Matryoshka러시아; 몸 안에 여러 개의 작은 인형이 들어있는 인형, Maple캐나다; 단풍나무, Matilda호주; 나그네의 옛날식 보따리, Kangaroo호주, Panda중국, Dim Sum홍콩 등입니다. 유독 프랑스와 독일은 이런 닉네임을 사용하지 않는 점이 특이합니다.

146 Japan이 아닌 japan, China가 아니라 china?

19세기 중엽 이후 유럽 예술계와 패션계에, 특히 프랑스 미술계에 유행한 일본의 영향을 Japonism이라고 부릅니다. Monet, Manet, Gogang 등 프랑스 화가들은 말할 것도 없고 Van Gogh 등 인근 유럽 출신 예술가들도 일본풍 그림이나 판화를 시도하지 않은 경우가 거의 없었습니다.

옻칠도 유행하여 보석함, 그릇 등을 일본식으로 제작한 칠기류도 인기를 끌었습니다. 그래서 Japan이 아닌 japan이 일본식 옻칠=japan black을 의미하며, 이렇게 옻칠한 각종 공예품을 japanwareJapanese lacquerware의 줄임말라고 부릅니다. 영국에서 Japonism은 특히 Anglo-Japanese style이라고 불렸습니다.

중국의 China clay=kaolin: 고령토와 cobalt를 이용한 blue-and-white porcelain청화백자도 서양 정물화에 자주 등장하는 소재였습니다. 청화백자는 15세기 이전부터 유럽에서 인기를 끌어 16세기에 조악한 모방품인 Medici porcelain과 그 이후 영국의 bone china소골분을 고령토에 추가하여 가볍고 잘 깨지지 않는 자기가 나올 때까지 대중국 무역수지에 적자를 안겨준 제1품목이었습니다. 이런 유명세 덕분에 China가 아닌 china가 도자기라는 일반명사가 되었습니다.

147 배우 Nicholas Cage가 valley boy?

1980년대부터 LA 인근 San Fernando Valley라는 지역의 '좀 사는'집안 출신의 젊은 여성을 valley girl이라고 부르기 시작했습니다.

이들의 특징을 요약해주는 단어가 airheaded머리가 텅 빈와 conspicuous consumption과시적 소비입니다. 첫인상에서 '껌 좀 씹어본 듯한 싸가지 없음'이 느껴집니다. 말투도 시트콤에 등장하는 철없고 튀는 여성 캐릭터의 부담스러운 비음이 첨가된 'high tone+sexy baby voice'입니다. 그래서 이런 말투를 Valleyspeak이라고 부릅니다.

그러나 요즘은 지역에 상관없이 위에서 나열한 특징에 들어맞으면 출신 지역에 상관없이 모두 valley girl이라는 label을 붙입니다. valley girl에서 성만 바뀌면 valley boy이긴 하지만, 단순히 valley girl의 '남친'이라는 이유만으로도 그렇게 불리기도 합니다. 배우인 Nicolas Cage의 20대 valley boy 모습을 보고 싶다면 Valley Girl이라는 영화를 검색하면 됩니다.

비슷한 시기에 영국판 valley girl인 Essex girl도 탄생합니다. 이들의 특징도 valley girl과 대동소이합니다. Essex

는 London과 붙어있는 county인데, 역시 시간이 흐르면서 Essex 출신의 bimbo골 빈 여자가 아니어도 모두 도매금으로 Essex girl이라고 불리고 있습니다.

영화 <Valley Girl>

<Valley Girl>의 Nicolas Cage

148 우크라이나의 Barbie flu는 정신병이다

59년생 닭띠인 Barbie 인형의 full name은 Barbara Millicent Roberts이며 그녀의 남자친구는 Ken Carson입니다. 그녀의 vital statistics=body dimensions; 가슴-허리-힙 사이즈는 36-18-33입니다. 이런 몸매를 갖는 비결을 사용 설명서에 적어놨는데, 다름 아닌 'Don't eat!'입니다.

출시할 때 blonde금발과 brunette갈색머리의 두 종류로 나왔는데, 특히 금발이 인기가 있었습니다. 현실 세계에서 금발에 몸매 '끝내주는' 여성을 blonde bombshell이라고 부르는데, 금발의 Barbie도 역시 그렇게 불렸습니다. 그녀와 경쟁하는 라이벌 인형으로는 영국에는 Sindy, 중동에는 Fulla, 그리고 한국에는 미미인형이 있습니다.

Barbie의 비현실적인 몸매를 닮으려고 하는 일부 젊은 여성들의 헛수고(?)를 Barbie syndrome이라고 부릅니다. 특히 우크라이나에서는 몸매는 말할 것도 없고 얼굴까지 Barbie를 닮으려고 성형한 여성들이 있습니다. 이런 증상을 Barbie flu라고 부릅니다.

149 un-American은 미국인이 미국인에게, anti-American은 타국민이 미국민에게

사전에는 '미국답지 않은' 정도로 소개된 un-American의 구체적 실체는 무엇일까요? 자신이 처한 정치적 입장에 따라 그 의미는 제각각이고 상대를 비난할 때 최전선에 등장하는 단골무기가 un-American입니다. 심사가 뒤틀리면 아무 때나 주관적으로 사용됩니다. 그러나 여러 상황과 글에 등장하는 un-American의 배경을 살펴보면 결국 다음 세 가지로 요약됩니다.

첫째, 1950~60년대에 공산권과 대치하던 분위기에서는 communism, socialism과 관련 있으면 일단 un-American이란 뿅망치를 맞았습니다. 둘째, 이것은 어느 나라에나 해당할 수 있는데, unpatriotic애국심이 부족한, subversive체제전복 의도가 있는하면 un-American 하다고 찍힙니다. 셋째는 자율autonomy과 선택의 자유에 역행할 때 사용됩니다.

환경을 생각해서 마트에서 plastic bag을 금지하자는 어느 시의 법안이 un-American 하다고 부결된 적이 있습니다. 환경도 좋지만 plastic bag의 사용 여부 정도는 개인에게 선택권을 주고 알아서 판단할 문제이지 국가가 이래라 저래라 강요할 사안이 아니라는 것입니다.

anti-American반미적인은 타국민이 미국이나 미국인에 대하여 적대적 감정을 보일 때 사용하는 반면에, un-American은 미국인이 미국인에 대하여 지적할 때 사용합니다.

포스터
<CENSORSHIP IS UN AMERICAN>

150 Nietzsche가 말한 superman은 어떤 사람?

독일인인 Nietzsche를 통해서 그의 몇 가지 철학용어가 영어로는 어떻게 표기되는지를 알아보겠습니다.

Nietzsche는 'Gay Science즐거운 학문 또는 지식'라는 그의 저서에서 전통적인 형이상학의 가치와 기독교적 진리는 더 이상 유효하지 않다는 의미로 "God is dead"라고 도발합니다. 수천 년간 인간의 의식을 지배해온 종교 위주의 세계라는 개념인 'enchanted gardenenchanted: 마법에 걸린'을 벗어나 인간은 이제 세속화된 세상, 즉 신의 지배력이 약화된 과학문명의 세상으로 발을 딛고 있다고 판단했습니다.

그리고 세상 어느 만물도 절대적 가치를 지니고 있지 않은 상태를 nihil허무이라고, 이러한 사상을 nihilism허무주의이라고 불렀습니다. 참고로 라틴어 nihil을 영어로 번역할 때 과학과 수학계에서는 nothing으로, 철학자들은 nothingness로 표현합니다. 이렇게 절대적 가치와 기준이 부재한 세상에서 개인은 어떠한 ism에도 현혹되지 않도록 항상 애써야 합니다.

이런 노력으로 인간의 불완전성을 완전히 극복한 이상적 존재를 overman=superman; 초인이라고, 이와는 대조적으로 먹고 마시는 쾌락과 피상적인 행복만 추구하는 인간을 the last man말인이라고 불렀습니다.

니체의 책 제목에 나오는 Zarathustra자라투스트라는 영어로 Zoroaster라고 부르며, 그는 고대 페르시아의 예언자로서 배화교의 창시자입니다.

F. W. Nietzsche

151 early adopter가 꼭 내야 하는 early adopter tax란?

early adopter는 특정제품의 향후 판매에 등대 역할을 한다고 해서 lighthouse customer로도 불립니다. early adopter가 제품구매 후 일정 시간이 지나면 early majority, late majority가 그 뒤를 따르게 되며, 마지막으로 late minority=laggard; 더딘 사람가 구매합니다.

early adopter에게는 신제품을 누구보다도 먼저 사용한다는 장점이 있습니다. 하지만 부득이하게 업체의 실험용 쥐 역할을 하게 되어 guinea pig로도 불리며, 이들이 감수해야 하는 초기불량, 비싼 가격 등은 모두 단점에 속합니다. 이를 early adopter tax라고 불립니다.

이러한 불편함에도 불구하고 early adopter가 되는 또는 되려는 가장 큰 이유는 brand loyalty충성도와 novelty참신함, 새로움에 대한 열망, 그리고 그 제품을 status symbol지위의 상징로 여기는 심리입니다.

이들은 블로그, 동영상, SNS 등을 통해서 다양한 marketing buzz제품의 특장점이나 기능의 소개와 평가 등 다양한 원천정보를 발생시켜서 seed for viral marketing이라고도 불립니다viral marketing; SNS 등을 이용한 일종의 입소문 마케팅.

152

냉전 시대 독일의 air corridor란 무엇인가?

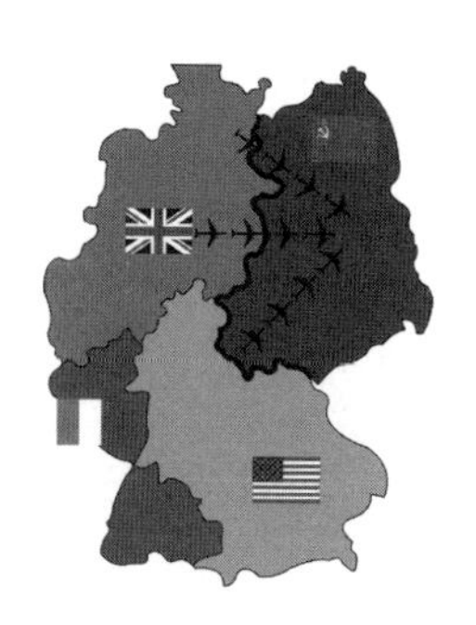

하늘에도 육로, 해로의 기능을 하는 비행기길 즉, 항로가 있습니다. 이것을 airway라고 부릅니다. 하늘길은 지상과는 다르게 3D적 개념이다 보니 고도까지 정해져 있습니다.

이와는 다르게 군사적, 외교적 사유로 반드시 정해진 고도와 경로를 유지해야 하는 '엄격한' airway가 air corridor입니다corridor; 복도. 이 길을 지키지 않으면 즉각 격추되거나 외교분쟁의 원인이 됩니다.

가장 유명한 air corridor가 동서독 분단 시절 서독과 서베를린 사이에 있었던 West Berlin air corridor입니다. 한국을 예로 들면 휴전선은 지금과 같으면서 평양의 절반이 남한영토임을 상상하면 됩니다. 육로와 해로가 막혔다면 오직 남측 공항과 평양의 우리 영토 사이의 정해진 항로로만 물자와 인원의 수송이 가능할 것 입니다. 동독 영토 안에 베를린이 있었고 그 베를린이 동서로 분단되어 있어서 생겨난 냉전 시대의 독특한 산물입니다.

153 Jewish Question을 잔인하게 해결하려 한 Hitler

18세기 이후 유럽에서는 유대인의 지위와 이들을 어떻게 다루어야 할지에 대한 고민과 논쟁이 있었습니다. 이것을 Jewish Question이라고 불렀습니다. 물론 유대인에 대해서만 Question이라는 꼬리표를 붙인 것은 아니었습니다.

Polish Question, Czech Question 등 특정 인종이나 민족에 관한 골치 아프거나 껄끄러운 고민을 표현할 때에는 Question을 뒤에 붙였습니다. 2차 세계대전 당시 Nazi는 점령지 전역에서 유대인을 없애기로 결정하면서 이 정책에 'the Final Solution to the Jewish Question'이라는 명칭을 붙입니다. 최종적 해결방식은 genocide인종청소뿐이라는 겁니다.

우리나라에도 친일파, 매국노가 있었듯이 유대인이라고 모두 동족을 아끼고 배려한 것은 아니었습니다. Nazi의 지시에 따라 앞잡이 역할을 하며 동족을 학대하고 이간질하는 유대인이 있었습니다. Nazi는 이들을 '쓸모 있다'고 useful Jew라고 불렀습니다.

18세기에 독일 연방 중 하나였던 오스트리아 제국에서 유대인들은 오로지 유대인이라는 이유로 세금을 내야 했는데 그 명칭이 toleration tax였습니다. 세금을 내면 유대인이라는 원죄(?)를 너그럽게 눈감아주겠다toleration는 터무니없는 논리였습니다.

Adolf Hitler

the Final Solution to the Jewish Question에 따른 genocide

154 English 말고 Engrish가 있다?

five-o'clock anti-Semitism5시 반유대주의은 일하는 낮시간에는 유대인과 어쩔 수 없이 어울리지만 퇴근 시간인 5시 이후에는 절대로 그들과 어울리지 않는다는 뜻으로 일종의 '유대인 왕따 시키기'입니다. 적어도 1960년대까지는 이런 분위기가 있었습니다.

놀랍게도 또는 놀랍지 않게도 유대인끼리도 출신 지역에 따라 왕따가 있었습니다. 일찍 이민 와서 미국땅에서 안정적으로 자리 잡은 독일계 유대인들은 나중에 이민 온 러시아와 동유럽 출신 유대인들을 kike라고 부르며 거리를 두고 멸시하기까지 했습니다. 이들의 이름이 ky나 ki로 끝난다는 것에서 만들어진 표현입니다. 아이러니하게도 시간이 흐르면서 kike는 유대인 전체를 경멸하는 용도로 사용됩니다.

five-o'clock shadow는 퇴근 무렵인 오후 5시경에 다시 자라난 수염 때문에 거뭇거뭇하게 된 부분을 가리킵니다. 면도날 회사에서 만든 'Don't let 5 o'clock Shadow' spoil your evening ... and hers'라는 광고 카피에서 탄생한 표현입니다. 깔끔하게 다시 면도해서 그녀와 멋진 저녁 시간을 보내라는 겁니다.

155 IQ test는 인종차별을 정당화하려는 도구로 악용되었다

인종 우월주의자들이 노골적으로 자신이 속한 인종이 우월하다고 우기려니 뻘쭘하고 없어 보였나 봅니다. 그래서 기존의 이론을 비틀거나 그럴듯한 이론을 만들어서 나름 '과학적이고 학문적으로' 보이려는 접근방법을 쓰게 됩니다. 그 재료는 social Darwinism, scientific racism, eugenics 우생학입니다.

Darwin의 진화론에 나오는 적자생존을 백인 우월주의와 제국주의에 대한 방패로 삼은 이론이 영국 사회학자 Herbert Spencer의 social Darwinism사회적 진화론입니다. 인간사회도 동물 세계와 다르지 않게 약육강식은 당연하다는 것이 핵심입니다. 나치 독일이 애용했던 scientific racism은 같은 Homo sapiens여도 Aryan race가 최고 품질이며 특히 두개골 구조와 뇌용량에서 그 우수함은 독보적이라고 주장했습니다.

여기에는 우생학도 동원되어서 우성인자와 열성인자를 가진 인종의 결혼은 '비추'를 넘어 강력히 금지해야 한다고 주장했습니다. 가장 교묘하게 scientific racism이 사용된 사례가 IQ test입니다. 더 설명하지 않아도 인종별 IQ 결과가 어떻게 악용되었는지 짐작이 갈 겁니다.

156 duel도 한때에는 사법절차의 일부였다

Hollywood western에 자주 등장하는 duel결투은 중세 유럽의 sword duel, 그 이전에는 고대 게르만 지역에 있던 trial by combat링에서 무기를 든 결투로 시비를 가리는 재판형식/trial; 재판이 기원입니다. 중세의 duel에는 다수의 입회 증인witness, doctor, second결투자를 보조해 주는 일종의 시종. 보통 3명까지 허용가 함께했습니다.

승패의 기준도 1) first blood먼저 피가 나면 패배, 2) 더 이상 거동을 못 할 큰 부상이면 패배, 3) 한쪽이 죽을 때까지, 이 세 가지 중 하나로 사전 합의를 합니다. duel이 열리는 장소를 field of honor라고 불렀고, 이곳에 정해진 시간에 나오지 않으면 패배를 인정하는 것은 당연하고 지역사회에 알려져 coward비겁자로 낙인찍혔습니다.

생각보다 상류층 사람들의 duel이 많았으며 드물지만 petticoat duelpetticoat; 속치마이라고 불린 여성 간의 duel도 있었습니다. 신호가 울리면 총을 먼저 뽑아 쏘는 대결은 fastquick draw duel이라고 부릅니다.

미국에서는 남북전쟁 이전에 duel이 금지되었습니다. Texas, Louisiana, Tennessee 등 일부 남부지역에서는 근절

되지 않아서 이 지역에서의 duel을 Southern duel이라고 불렀습니다.

중세 유럽의 sword duel

petticoat duel

fast draw duel

157 smart drug, 감기약으로 만든 마약

Indian hemp인도 대마를 말리면 대마초가 됩니다. 꽃, 잎, 줄기, 씨앗 등 버릴 것이 하나도 없습니다. 특히 줄기에서 나오는 resin진액은 일반 대마초의 6배 농도의 고농축 환각 성분을 갖고 있어서 hashsh라고 부릅니다.

cannabis도 인도 대마를 뜻하지만 동시에 대마초나 hashsh의 의미로도 사용됩니다. 대마초의 가장 대중적인 용어는 marijuana입니다. 그밖에 사용빈도가 높은 순으로 나열하자면 pot, weed, grass, herb, home grown, Neder weed, Texas tea 등으로 다양하게 부릅니다.

어린이들이 기침할 때 먹는 cough syrup에는 미량이지만 환각 성분이 들어있습니다. 그래서 탄산음료인 Sprite에 cough syrup을 잔뜩 섞어서 정체성(?)이 모호한 환각 칵테일 음료를 만들어 마시는 사람들이 있습니다. 이 음료를 dirty Sprite, purple drank, Texas tea라고 부릅니다.

Dutch coffeeshop, cannabis coffeeshop이라고 불리는 네덜란드의 coffeeshop에서 대마초를 파는 것은 유명합니다. 일부러 대마초를 피우기 위해 이곳을 방문하는 것을 drug tourism이라고 부르며, 이 coffeeshop에서 파는 대마초를 Neder weed라고 합니다. 네덜란드 당국은 대마초를 soft drug로 인식하여 더 강한 hard drug에 중독되지 않고 soft drug에 이용자들을 묶어둘 목적으로 대마초를 양성화하고 있습니다. soft drug는 recreational drug라고도 불립니다.

smart drug라는 것도 soft drug에 포함됩니다. 위에서 언급한 dirty Sprite와 같이 현행법을 위반하는 듯 아닌 듯 경계선을 넘나들면서 처방약과 비처방약을 고용량으로 '조제'하여 사실상 대마초와 비슷한 환각효과를 얻는 '칵테일' 약물을 smart drug라고 부릅니다.

Dutch coffeeshop

158 devil이 가진 여러 가지 용어

인쇄소에서 갖은 허드렛일을 하던 apprentice견습공를 printer's devil이라고 불렀습니다. Benjamin Franklin, Thomas Jefferson도 문필가인 Walt Whitman도 '인쇄소 악마'의 경력이 있습니다. 인쇄소 일을 하다 보면 잉크와 먼지 등이 전신에 묻어 지저분해지는 행색을 보고 생긴 표현입니다.

heat devil은 무슨 악마일까요? 난로 근처의 열 때문에 보이는 사물이 살짝 춤추듯 보이는 현상입니다. 봄에 피는 아지랑이도 일종의 heat devil입니다. 초조함 때문에 손가락으로 책상을, 신발로 바닥을 반복해서 톡톡 두드리는 행위는 devil's tattoo라고 부릅니다.

앞뒤를 헤아리지 않고 일단 일을 저지르는 스타일의 성급한 사람은 daredevil이고, she-devil은 못되고 잔인한 성격을 가진 악녀입니다. Devil Dog은 미국 해병대원을 가리키는 몇 가지 별명 중 하나입니다. devil fish는 쥐가오리의 별명이고 Devil's Triangle은 카리브 해에 있는 Bermuda Triangle의 또 다른 명칭입니다. dust devil=dancing devil은 사막에서 위로 오르며 회전하는 소용돌이 현상입니다.

'better the devil you know than the devil you don't know'는 어차피 나에게 괴로움을 주는 사람이나 상황이라면 익숙한 존재가 그나마 더 낫다는 의미의 격언입니다. 낯선 존재라면 적응하는 노력과 시간이 더 필요하므로 그 자체가 추가적인 고통이 된다는 의미입니다.

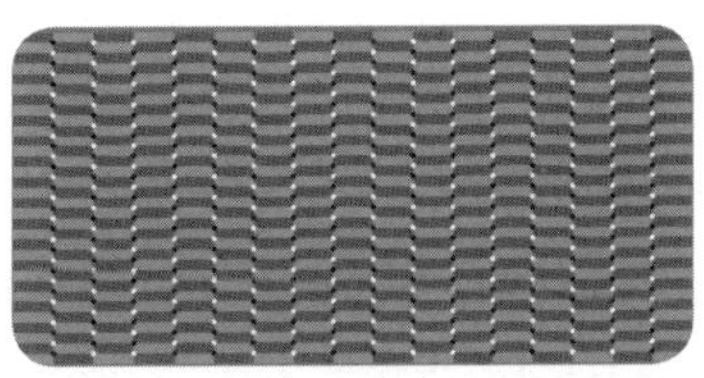

heat devil

dust devil(dancing devil)

159 인형이나 어린이를 무서워하는 phobia

어떤 스캔들이나 '~게이트'라는 사건이 발생하면 어김없이 뒤따라오는 표현이 '양파 껍질 까듯 줄 잇는 의혹'입니다. 이 '양파 껍질 까듯 줄줄이'에 해당하는 영어표현이 'like a Russian doll'라고 합니다. 여기서 Russian doll은 인형 속에 인형이 줄줄이 들어있는 Russia의 전통 인형 Matryoshka를 말합니다. Matryoshka의 영어식 표현이 Russian doll 또는 Russian nestling doll입니다nestle: 아늑하게 자리 잡다.

rag헝겊를 이용한 인형이 rag doll인데, stuffed doll봉제인형도 rag doll의 일종이고, 사람이 아닌 동물 등 다른 형상이면 stuffed toy 또는 stuffed animal입니다. doll은 인형, 즉 사람의 형상에만 사용합니다. rag doll 중에서 가장 특이한 것은 얼굴 부분에 눈, 코, 입이 없는 Amish doll입니다.

주로 미국 동북부와 인근 캐나다의 온타리오 주에 거주하며 현대문명을 거부한 채 사는 사람들이 Amish입니다. 눈, 코, 입이 없는 이유는 '하나님의 눈에는 모두 다 똑같아 보인다'는 그들의 믿음을 반영한 것이라는 설이 있는데, 몇 가지 설 중 하나입니다. 참고로 인형이나 마네킹 또는 어린아이를 무서워하는 공포증을 pediophobia라고 부릅니다.

pedia의 기원을 추적하면 고대 그리스어에서 '어린이'라는 뜻이 나옵니다e.g. pediatrics: 소아과. phobia 바로 앞에는 발음의 편의상 o를 쓰는 것이 관행입니다.

Matryoshka(Russian doll)

Amish doll

160 여성들이여, 바지 입을 때 camel's toe를 조심하라!

'To Kill a Mocking Bird앵무새 죽이기'라는 소설에 'Jem camel-kicked me'라는 표현이 나옵니다. 'Jem이 나를 쳤다'라는 것은 눈치껏 알겠는데, 낙타처럼 쳤다면 어떻게 치는 걸까요?

낙타는 태연스럽게 가만히 있다가 갑자기 일격을 가하는 재주(?)가 있다고 합니다. 그래서 '예상치 못하게 일격을 가하다'라는 뜻의 명사와 동사로 쓰입니다. 여성이 바지를 입었는데 너무 타이트해서 중요부위의 윤곽이 두드러져 보일 때 그 부분을 camel's toe라고 부릅니다. 참고로 camel train은 낙타가 열차처럼 줄지어 지나가는 아라비아 지역의 caravan대상을 가리킵니다.

gnat발음: 냇은 하루살이 같은 날벌레입니다. gnat과 camel은 그 크기 차이가 엄청나겠죠? 그래서 작은 위험과 큰 위험의 상징으로 신약성서의 마태복음에서 다음과 같이 사용됩니다; 'You strain out a gnat and swallow a camelstrain out: 못 들어오게 애쓰다.' 해석하면 '애써서 날벌레는 입안에 못 들어오게 하면서 낙타는 삼킨다'가 됩니다. 낙타를 삼키려 하다가는 입 찢어져 죽을 겁니다. 사소하고 일상적인 방해요인만

신경 쓰지 말고 크고 근본적인 위험요인을 알아보고 대처하는 식견과 경계심을 갖추라는 경구입니다. 'gnat problem vs. camel problem'으로 살짝 응용하여 사용되기도 합니다.

camel train

'You strain out a gnat and swallow' a camel'

161 UFC 파이터 Mark Hunt는 King of Walk-Offs

walk-off는 협상 테이블에서 의견이 맞지 않는다고 또는 연인들이 말다툼하다 한쪽이 갑자기 자리를 박차고 나가는 행위입니다. 동사로도 활용됩니다e.g. She just walked off

walk-off는 북한의 주특기로도 유명합니다. 핵 관련 협상장에서의 walk-off는 기본이고, 국제 스포츠 대회에서도 조금만 심사가 뒤틀려도 선수단을 철수시키는 경우가 있는데 이것도 walk-off입니다. 한국식 영어인 goodbye home run 끝내기 홈런의 정확한 표현도 walk-off home run입니다. 수비를 보던 상대 팀 선수들을 그라운드에서 퇴장시키는walk-off 홈런이라는 의미입니다.

종합 격투기 UFC의 헤비급 선수인 뉴질랜드 출신 Mark Hunt를 팬들은 King of Walk-Offs라고 부릅니다. 결정적인 강펀치 한방으로 상대를 쓰러트린 후 더 이상의 타격 없이 등을 돌려 걸어가며walk-off 사실상의 경기종료를 선언합니다. 이런 쿨한 모습을 보이기 때문에 붙여진 별명입니다. 심판보다 먼저 경기종료를 선언해서 심판을 뻘쭘하게 만드는 모습이 재미있습니다.

162 'eat like a horse'와 'eat like a pig'의 차이

맛집 찾아다니고 길게 줄을 서서 먹는 것도 즐기는 사람은 foodie식도락가입니다. gourmet미식가는 사전의 정의에 상관없이 'foodie+알파' 또는 elitist foodie 정도로 이해하면 됩니다.

glutton은 대식가이고 binge eater는 폭식가입니다. glutton은 비유적 표현으로도 사용되어 a glutton for work는 일 욕심 많은 사람병적임을 암시하는 workaholic과는 다름, a glutton for punishment는 궂은일을 도맡아 하는 사람이나 사서 고생하는 사람입니다. 여기서 punishment는 남들은 하기 싫어하는 어려운 일이라는 의미입니다.

food pornography를 줄인 표현인 food porn은 '먹방'에 해당합니다. 일반인이 음식을 더 맛있어 보이게 만들기 위해e.g. 블로그에 올릴 목적으로 접사촬영 등 몇 가지 기법을 쓰는 것도 food porn으로 해석하기도 합니다.

'eat like a horse'는 단순히 많이 먹는다는 뜻이지만 'eat like a pig'는 많이도 먹지만 지저분하고 게걸스럽게 먹는다는 비난조의 표현입니다. 그러면 적게 먹을 때는? 'eat like a bird'를 씁니다.

163 'slim chance=fat chance'인 이유는?

Chinaman's chance는 사실상 가능성 제로라는 뜻으로서 19세기 중반 미국으로 건너온 중국인 노동자들의 위험한 노동환경과 인종차별에서 유래한 표현입니다. 철도건설에서 폭약 다루는 일은 중국 노동자들이 도맡아 했고 폭력사건이 일어나도 중국인들은 법정에서 증언할 수도 없었습니다. 그러니 뭘 해도 안 될 것이 뻔하다는 부정적인 의미로 Chinaman's chance가 사용되었습니다.

slim과 fat은 서로 반대어이지만 slim chance와 fat chance는 희박한 가능성이라는 같은 뜻입니다. 다만 전자는 공식적인 표현이어서 통계분석이나 연구논문에 쓰인다면 후자는 반어적인 느낌으로 사용되기 때문에 친한 사이의 대화, 가벼운 소설이나 만화 등에 쓰이는 casual slang입니다.

fighting chance와 sporting chance는 좀 더 노력하면 해볼 만한 가능성이라는 뜻입니다. 여러 용례를 살펴보면 sporting chance가 조금 더 가능성이 높아 보이지만 큰 차이는 없습니다.

암 환자와 그 보호자에게 조언해주는 단체의 이름으로 Fighting Chance을 쓰고, 알콜이나 마약 중독을 벗어나게 하거나 장애인의 재활을 돕는 단체의 이름에도 Sporting Chance라는 수식어를 자주 사용합니다.

Chinaman's chance

암 환자를 위한 sporting chance

164

signature loan이 신용대출인 이유는?

두 건 이상 발생한 살인이 연쇄살인으로 판단되면 수사관과 프로파일러는 일단 modus operandi줄여서 MO를 분석합니다. MO는 범인의 습관 또는 규칙적 행동패턴을 의미함으로서 영어로 번역하면 mode of operation라는 뜻의 라틴어입니다.

signature는 MO와는 다르게 범인이 의도적으로 남기는 흔적입니다. 말 그대로 '내가 저질렀다'는 서명signature입니다. 그러나 순진하게 MO와 signature만 쫓다 보면 범인이 남기는 교란목적의 가짜 MO와 가짜 signature인 red herring교란용 허위정보에 속을 수도 있습니다. 붉은빛이 도는 kippered herring훈제청어은 냄새가 강해서 범인이나 도망자가 자신을 추적하는 개의 후각을 교란시킬 목적으로 사용했다고 전해집니다.

signature를 좀 더 알아보면, Michael Jackson의 moonwalk나 CCTV에 보이는 범인만의 독특히 걸음걸이 등 특정인의 고유한 동작을 signature move라고 부릅니다. wet signature는 전자서명이 아닌 '아날로그식' 직접 서명입니다.

그렇다면 signature loan은? 정밀한 신용상태 점검 없이 서명 하나로 신속하게 집행되는 신용대출의 별칭입니다.

modus operandi(MO)

signature loan

165 black knight는 한국 술자리의 '흑기사'가 아니다

술자리에서 술을 대신 마셔주거나 벌칙을 대신 받는 사람을 흑기사라고 부릅니다. 하지만 영영사전을 포함한 영어로 된 어느 기록에도 그런 뜻의 black knight는 없습니다. 오히려 문학작품 속에서 죽음을 상징하는 캐릭터로 등장합니다.

금융계에서 쓰이는 black knight는 있습니다. 서로 주식 지분을 확보하려는 대결에서 기존 대주주에게 적대적 의도를 가지고 대주주 지위를 확보하려는 세력을 black knight이라고 부릅니다. 그와는 반대로 기존 대주주에게 우호적인 세력은 white knight라고 합니다. 이도 저도 아니거나 입장표명이 애매하여 기존 대주주의 속을 타게 하는 세력의 grey knight도 있습니다.

중세시대에는 두 가지 의미의 carpet knight가 있었습니다. 첫째는 영국 왕이 경축일을 기념하여 수여하는 일종의 명예기사, 둘째는 전투경험이 많지 않아 집안의 carpet 위에서 뒹굴기만 했던 '무늬만' 기사입니다. 전투경험이 거의 없고 군복에 멋만 부리는 군인을 chocolate soldier라고 부르는 것과 거의 같은 개념입니다.

166 스마트폰의 '카툭튀'가 영어로 뭐지?

bump에는 혹처럼 튀어나온 부분이라는 뜻이 있습니다. 스마트폰의 후면 카메라가 살짝 돌출되어 있어서 눈에 거슬리는 '카툭튀'는 영어로 camera bump라고 부릅니다.

그렇다면 baby bump는? 임신으로 볼록 튀어나온 여성의 배입니다. 불임여성이 임신한 여성을 보고 느끼는 부러움이나 시기심을 baby bump envy=empty womb syndrome 또는 그냥 bump envy라고 부릅니다. fake bump는 임신한 것처럼 보이게 하는 복대입니다. goose bump는 추위나 급격한 감정변화로 피부에 돋는 닭살입니다. goose flesh 또는 goose pimple이라고도 합니다pimple: 여드름.

bump에는 부딪힘이라는 뜻도 있습니다. 악수 대신 서로의 주먹을 부딪치는 인사법을 fist bump라고 합니다. elbow bump라는 다소 낯선 표현도 있습니다.

최근에 조류 인플루엔자, 에볼라 바이러스 등으로 전염병 확산이 우려되면서 악수나 fist bump 등 손 부위의 접촉 대신 팔꿈치 부분을 부딪쳐 인사하자는 캠페인이 있었습니다. 이 팔꿈치 인사법이 elbow bump인데 미국 대통령, UN 사무총장 등 유명인사들이 홍보를 하기도 했습니다.

다만 동작이 어색하고 불편해서 아직까지는 널리 유행되지 않고 있습니다.

camera bump

elbow bump

167 sizeism은 편견과 차별의 시작

plus size model은 일반적으로 약간 비만인 모델을 의미하지만 농구, 배구선수만큼 키가 큰 모델도 포함합니다. 깡마른 모델은 size zero model, 정말 심하게 말랐으면 less than zero model이라고 부릅니다. 이 둘을 합쳐서 minus size model이라고도 부르는데 이는 매우 부정적인 어감으로 인식됩니다.

그 중간의 평범한 모델은 straight model이라고 부릅니다. homo도 lesbian도 아닌 타고난 그대로의 성적 취향을 straight라고 부르는 것과 비슷한 수식어입니다.

여기에 in-betweener라는 애매한 사이즈도 있습니다. size zero와 plus size의 중간이 아니라 straight와 plus size의 중간을 의미합니다. 비만까지는 아니고 보기 좋게 통통한 사이즈라고 보면 됩니다. 패션업계에서는 옷태를 더 살려서 매출을 높이기 위해 실제로는 in-betweener를 런웨이에 올리면서 plus size model이라고 우기는 꼼수를 쓰기도 합니다.

size와 관련하여 sizeism이란 표현이 있습니다. 비만, 깡마름, 키가 크고 작음이 이유인 차별입니다. 이런 편견을 갖고 차별하는 사람을 sizeist라고 부릅니다. 특히 비만이나 깡마름에 대한 차별을 weightism이라고 부릅니다.

size queen은 큰 남성 성기에 대한 fetish병적인 집착를 가진 여성이나 동성애자를 가리킵니다. 이들이 찾는 남성을 well-endowed man이라고 부릅니다. '그 물건'을 선천적으로 잘 타고난well-endowed 남성이라는 뜻입니다.

sizeism

plus size model

168 유별난 인생을 살아가는 다섯 종류의 queen

세상을 살아가는 여러 종류의 사람들 중에 queen에 비유되는 특이한 사람들이 있어서 소개합니다.

closet queen은 아직 closet벽장; 세상에 알리지 않음을 상징에서 coming out하지 않은 남성 LGBT성소수자를 경멸적으로 부르는 표현입니다. drag queen은 여장하고 다니는 것을 즐기거나 밤업소에서 여장을 하고 공연하는 여장 남성입니다. 'Dressed Resembling A Girl'의 이니셜을 이용한 acronym이 drag입니다.

closet queen과 drag queen은 남성이지만 size queen은 남성 동성애자 또는 여성입니다. 이들은 섹스 파트너의 성기 크기에 대한 집착이 남다릅니다. 당연히 size queen들의 섹스 motto는 'Size does matter크기는 정말 중요하다'입니다.

drama queen은 조울증이 의심될 정도로 감정의 기복이 심하고 표현 강도도 보통사람보다 훨씬 강한 여성입니다. 무엇을 하든지 A급 호들갑을 떤다고 보면 됩니다.

welfare queen은 사회복지제도의 빈틈을 간파하여 최대한의 수혜를 받으려 하는 여성입니다. 심하면 문서위조 등의 범죄까지 저지르기도 합니다. welfare king도 있을 수도 있지만 welfare queen으로 굳어진 것은 1970년대에 미국 시카고에서 한 여성이 80여 개의 신분증을 위조하여 복지혜택을 가로챈 유명한 사건이 있었기 때문입니다.

drag queen

The Chutzpa Queen
Sepcial to The Washington PostBy Dan Miller
The Washington Post (1974-Current file); Mar 13, 1977; ProQuest Historical Newspapers The Washington Post (1877 - 1
pg. 3

The Chutzpa Queen

Favorite Reagan Target as Welfare Cheat Remains Unflappable at Trial in Chicago

By Dan Miller
Special to The Washington Post

CHICAGO—In this city, Linda Taylor is known as the Welfare Queen, for she is credited with taking in more than $156,000 a year in welfare benefits. Officials of the Illinois Department of Public Aid say that if the total isn't a record, the rightful claimant has yet to step forward—or be caught.

But Chutzpa Queen may be a more apt title for the 49-year-old Taylor, judging from the tale that has been unfolding in Cook County Circuit Court here for more than a week. According to testimony from state witnesses, all Taylor had to do was ask for the money and it started rolling in, courtesy of an anesthetized bureaucracy...

making a false report to police—a minor crime with a light penalty—but they were intrigued with something else found in the apartment: welfare checks made out to different people at different Chicago addresses and food stamps and rent receipts and Social Security cards as well as other identification.

Sherwin and Kush spent more than two weeks attempting to trace Taylor's life-style from the Southside slums to Loop banks to travel bureaus and through the labyrinth of the Illinois Public Aid Department.

They allege that the evidence they turned up showed that Taylor:

- Had at least 26 aliases, with identifications to match.
- Was listed at more than a score of telephone numbers.

welfare queen의 유래가 된
시카고의 한 여성

169 Florida의 모든 야생악어가 alligator? No!

미국 남동부에 서식하는 alligator는 중국 양쯔 강 유역에 사는 Chinese alligator와 구별할 때는 American alligator라고 부릅니다. 이들은 Florida에만 사는 게 아니라 Mississippi 강 인근에도 삽니다. 특히 이 강 근처에 사는 악어들을 꼭 집어 지칭할 경우 Mississippi alligator라고도 부릅니다.

그런데 American crocodile이라는 또 다른 악어도 있습니다. Florida 남부와 바닷가, Mexico 남부, Bermuda 제도, Venezuela 인근에 사는 crocodile입니다. 미국에서는 오직 Florida 남부에만 살지 다른 곳에는 없습니다.

alligator와 crocodile의 가장 눈에 띄는 차이점은 snout주둥이 모양의 차이입니다. alligator의 주둥이는 U에 가깝고 crocodile의 그것은 V처럼 상대적으로 더 뾰족합니다. 그리고 alligator보다 crocodile이 salt water에 더 잘 적응한다고 합니다. alligator는 줄여서 gator라고 많이 부릅니다. 그래서 Florida에서 가장 큰 도시인 Jacksonville에서 열리는 대학간 미식축구대회의 명칭도 Gator Bowl입니다. 다만 스폰서 기업의 이름을 Gator 앞에 붙입니다e.g. Toyota Gator Bowl.

rhyme을 즐기지 않는 나라와 언어는 없겠죠. alligator

와 crocodile을 이용한 유명한 rhyme이 있습니다. 친구 A가 "See you later, alligator!"라고 말하면 친구 B가 "After a while, crocodile!"이라고 맞장구치면서 헤어집니다. later와 alligator, while과 crocodile의 end rhyme각운을 이용한 익살스러운 인사법입니다.

alligator(위) / crocodile(아래)

170 shotgun wedding이란?

shotgun wedding 또는 shotgun marriage은 미혼인 딸이 임신했을 때 아버지가 shotgun산탄총으로 딸의 '남친'을 위협하여 강제로 결혼하게 한다는 그럴싸한 가상의 시나리오에서 나온 표현으로 많이 알려져 있습니다.

그런데 이 shotgun wedding은 정치나 경영에서도 비슷한 개념으로 사용됩니다. 의원 내각제 체제의 선거에서 과반수를 얻지 못한 두 당이 어쩔 수 없이 연립정부를 구성하는 경우에 사용합니다. 경쟁력 확보와 유지를 위해 껄끄러운 두 라이벌 회사가 합병할 때에도 shotgun wedding이란 표현을 씁니다.

shotgun을 이용한 몇 가지 다른 표현도 소개합니다. 점쟁이들이 이것저것 던지는 백화점식의 랜덤 질문을 shotgun이라고 표현하며 고객이 예민하게 반응하는 질문에서 뭔가 단서를 찾는 기법을 shotgunning이라고 합니다.

smoke shotgunning과 beer shotgunning이란 표현도 있습니다. 전자는 연인 사이에 주로 남성이 여성의 입에 담배 연기를 넣어주는 일종의 애정표현이고 후자는 단지 4~5초 만에 맥주 한 캔을 마시는 행위입니다. 방법은 다음과 같습니다; "1) 맥주캔의 몸통 하단부에 예리한 도구로 구멍을 낸다. 2) 흘러나오는 맥주를 입에 대고 윗부분의 tab을 딴다."

이렇게 하면 맥주 나오는 속도가 더 빨라져서 순식간에 한 캔을 비울 수 있습니다. 어설프게 하면 옷을 버릴 수 있으니 주의해야 합니다. 뿜어져 나오는 맥주를 shotgun에 비유한 표현입니다.

shotgun wedding

beer shotgunning

171 빨간 머리 앤은 ginger girl이다. 그게 뭔데?

옛날에는 말장수들이 힘없고 빌빌한 말을 비싸게 팔아먹기 위해 말의 항문이나 질에 다진 생강을 발랐습니다. 이런 행위를 gingering a horse라고 하는데, 톡 쏘는 생강의 성질 때문에 말은 불편해서 평소보다 더 많이 움직였고 이 모습을 본 '호갱'은 활기찬 말이라고 판단하여 구매했습니다.

여기서 유래하여 영연방 정치권에서 정당쇄신을 위해 구성된 태스크 포스를 ginger group이라고 부릅니다. ginger up은 '활기를 불어넣다'라는 뜻으로 사용되고 있습니다.

ginger는 '빨간 머리를 한 사람'라는 뜻으로도 사용됩니다. 따라서 소설 속의 '빨간 머리 앤'은 ginger girl 또는 ginger kid입니다. ginger kid 중에 유달리 피부가 하얗고 얼굴에 주근깨가 많은 질병이 있는데 그 이름이 gingervitis입니다. 일상생활에는 큰 지장이 없지만 또래들에게는 특별나 보여서 왕따의 원인이 되기도 합니다.

어린 시절에 남의 집에 노크를 하거나 벨을 누르고 도망가는 장난을 knock knock ginger, 또는 knock down ginger라고 부릅니다. 동요의 가사에서 유래했습니다. ding dong ditch도 같은 뜻입니다.

172 right of the soil과 원정출산

미국은 국적취득에 관하여 속지주의와 제한적 속인주의 원칙을 동시에 적용하고 있습니다. 속지주의를 right of the soil=birthright citizenship이라고 하는데 폼나게 라틴어로 Jus soli'저스 쏘울라이'라고도 부릅니다. 이민자의 나라이고 노동력이 절실했던 미국은 건국 초기부터 속지주의의 선택은 당연하고도 필수적이었습니다.

이와 대조적으로 국적에 관한 속인주의는 right of blood, 즉 Jus sanguinis'저스 쌩귀너스'라고 부릅니다. right of the soil 때문에 생긴 '웃픈' 현상이 birth tourism원정출산이고 anchor baby원정출산 아기입니다. 월남패망 후 boat people이 미국에 도착하여 출산하면 자동으로 미국 국적을 얻게 되니 그 아기가 배의 닻anchor과 다를 바 없다는 의미에서 생긴 표현이라고 합니다. 이렇게 태어난 아기를 땡jackpot잡았다고 놀리며 jackpot baby라고 부르기도 합니다.

173 화장실에 있는 glory hole은 즉시 틀어막아야 한다

골프 코스는 18개인데 19th hole은 어디일까요? 골프를 끝내고 즐기러 가는 레스토랑, 바 등의 소위 '2차'를 가리킵니다. glory hole은 공중 화장실의 칸막이벽에 '변태'들이 뚫어놓은 peephole훔쳐보는 구멍입니다. 복잡하고 지저분한 그림으로 위장하여 미세한 구멍을 잘 안 보이게 만드는 경우도 있으니 조심해야 합니다.

pigeonhole은 우체국이나 회사의 총무팀에 책장 형식으로 비치된 지역별 또는 부서별 우편물 보관소입니다. 공간이 지하철 유료 사물함의 1/3도 되지 않아서 '좁은 시야, 고정관념'이라는 뜻으로도 사용됩니다.

weep hole은 축대나 축대벽에 설치된 물 빼는 구멍으로, 일종의 배수로입니다. 이런 구멍이 없어서 벽에 스며든 물이 빠져나가지 못하면 누적되는 수압에 의해 벽이 무너집니다.

pie hole과 cakehole은 각각 미국과 영국에서 mouth를 뜻하는 slang입니다띄어쓰기는 선택. 'Shut up the cakehole!'은 입 다물라는 뜻입니다. 그러나 비록 이 두 표현이 slang임에도 불구하고 파이나 케익 전문점 상호에 사용되기도 합니다.

미국 LA에는 The Pie Hole이라는 파이 전문점이, London에는 The Cakehole, Cakehole Cafe 등 cakehole을 사용하는 10여 개의 영업점이 있습니다. 그렇다고 일상대화에서 이런 slang을 쓰는 것은 곤란합니다.

입 다물라는 뜻의
'Shut up the cakehole'

미국 LA의 파이 전문점 The Pie Hole

174 truth bomb은 막장 드라마의 단골메뉴

truth bomb은 whistle blower내부 고발자가 폭로하는 조직 내부의 엄청난 비밀 또는 막장 드라마의 주인공이 알고 '쇼크를 먹는' 출생의 비밀 같은 충격적인 사실입니다. 'drop the truth bomb'의 형태로 사용됩니다.

sex bomb=sexpot은 성적 매력이 넘치는 육체파 여성을 가리킵니다. Tom Jones라는 영국 가수가 부른 old pop 중에 Sex Bomb이란 곡이 있습니다. 곡 마지막에 'You can turn me on당신은 나를 후끈 달아오르게 해요'을 8회나 반복하는 것이 인상적입니다. f bomb은 f wordfuck 등의 심한 욕설를 강조한 것으로 역시 'drop the f bomb'으로 쓰입니다.

그럼 dumb bomb은? 이것은 진짜 폭탄입니다. 비행기에서 '똑똑한' 유도장치 없이그래서 dumb 오직 중력의 힘으로만 떨어지는 일반폭탄의 별명입니다. 정식이름은 gravity bomb 또는 free-fall bomb입니다free-fall: 자유낙하.

dirty bomb은 방사능 오염물질을 재래식conventional 폭탄과 결합하여 특정 지역을 오염시키고 혼란을 일으키는 것을 목표로 하는, 말 그대로 쓰레기 같은 폭탄입니다. 테러에 악용될 가능성이 충분한 폭발물입니다.

175 갑자기 구구단 연산이 안된다면? 뇌가 방귀 뀐 것

똑똑하지만 감성이 메마르고 사교성이 낙제점인 사람을 brain on a stick이라고 부릅니다. 말 그대로 뇌만 있고 몸통은 나무 막대기이니 제대로 된 사람이 아니라는 겁니다.

brain fart직역: 뇌 방귀는 갑자기 기본적 사칙연산을 못하거나 가까운 지인들의 이름을 기억 못 하는 등 뇌가 겪는 일시적인 혼란증상입니다. 뇌가 lag지체, 지연 걸린 겁니다. brain fog=mental fog는 의식이 선명하지 않고 흐려지는clouding 멍한 상태입니다. 원인은 탈수, 저혈당, 약물 과다복용, 수면부족 등 다양합니다.

그렇다면 brain freeze는? 차가운 것을 먹었을 때 머리가 띵한 증상입니다. icecream headache라고도 부릅니다. 노력 끝에 나온 창의적 아이디어나 발명품 등을 brainchild라고 부릅니다. 복수형은 당연히 brain children입니다. 뇌가 뭔가를 '출산'한 것이어서 '두뇌의 소산'으로 번역하기도 합니다.

컴퓨터 용어에서 RAM은 읽기와 쓰기가 모두 가능하지만 ROM에는 쓰기, 즉 입력기능이 없습니다. 그래서 타인의 정보나 조언을 수용하지 않는 꽉 막힌 사람을 ROM brain이라고 놀리기도 합니다.

176 상대에 대한 배려는 좋지만 'too PC'는 곤란

영국에는 자유분방한 집단토론을 의미하는 brainstorming을 thought shower로 바꾸자는 주장이 있습니다. 1890년대부터 간질 발작epilepsy으로 인한 정신착란을 brainstorming이라고 불렀는데, 1940년대에 광고업계를 시작으로 자유로운 토론의 의미로 사용되고 있습니다.

그런데 이 표현이 간질환자들에게 마음의 상처를 주기 때문에 'politically incorrect차별로 오해받을 수 있는 부적절한 표현을 쓰는' 하다는 주장이 있습니다. 정작 간질환자들에게 물어보면 별로 신경 쓰지 않는다고 하는데도 이 주장을 하는 사람들은 아직도 포기하지 않고 있습니다.

obese비만한도 불편해하는 사람이 있으니 gravitationally challenged중력 때문에 고통받는로 바꾸자는 사람들도 있습니다. 사정이 이렇다 보니 depressed우울한도 festively challenged 축제 분위기로 고통받는로 바꿔야 한다는 비아냥조의 농담까지 등장했습니다. 이렇게 과도하게 'politically correct줄여서 PC'한 것을 'too PC'라고 부릅니다.

too PC에 불만인 사람들은 PC를 다음과 같이 정의하며 놀리고 비난합니다; a term used for whiners and pansies who need everything sugar-coated for them. 해석하면, 상처받지 않도록 모든 표현에 당의sugar-coated를 입혀줘야 하는 징징대는 사람whiner; 불평하는 사람들과 소심한 사람pansy들을 위한 용어입니다.

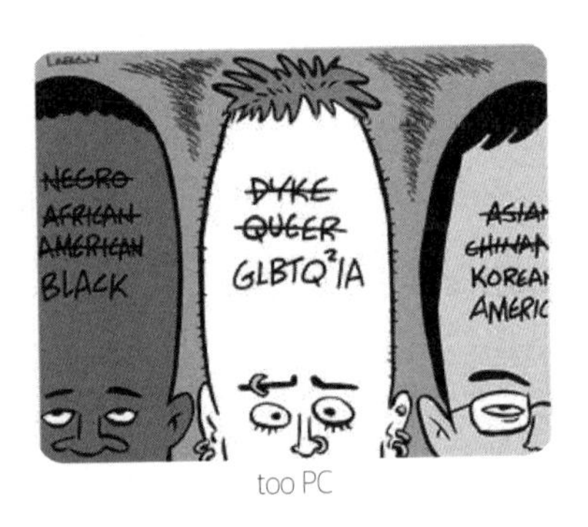

too PC

177 찰스 왕세자 개구리, 빌 게이츠 파리가 있다

어원만 따져보면 Johnson은 John의 아들, Jackson은 Jack의 아들입니다. 이렇게 아버지의 이름이 포함되도록 지어진 이름을 patronym이라고 부릅니다.

그런데 과학계에서 동식물의 학명에 유명인의 이름 또는 고유명사를 넣는 것도 역시 patronym이라고 부릅니다. 예를 들어 Anophthalmus hitleri는 Hitler의 이름을 빌린 딱정벌레이고, Aptostichus angelinajolieae는 배우 Angelina Jolie의 이름을 사용한 거미입니다. 또한 Pheidole harrisonfordi는 배우 Harrison Ford에서 나온 개미의 한 종류입니다.

눈치챘을지 모르겠지만 남성 이름 끝에는 i를, 여성 이름 다음에는 ae를 붙입니다. Hyloscirtus princecharlesi개구리, Eristalis gatesi파리, Scaptia beyonceae파리가 누구의 이름을 빌려 썼는지 금방 알 수 있고 설령 누구인지 몰라도 최소한 성별은 알 수 있습니다.

꼭 사람만 쓰이는 것은 아닙니다. Bolivia에서만 볼 수 있는 어느 개구리의 경우에는 Phyllomedusa boliviana라고 명명되었습니다. Bolivia가 사람이 아니어서 i나 ae가 아닌 a를 붙였습니다즉 bolivian+a.

178 쓰면 폼나는 Latin words와 French words

모든 영어어휘의 어원을 엄격하게 따지면 라틴어 29%, 프랑스어 29%, 독일어 26%, 그리스어 6%, 기타 10%라고 합니다. 물론 학자마다, 조사대상이 영국인지 미국인지에 따라 편차가 있을 겁니다.

여기서는 생각보다 출현빈도가 높거나 사용하면 폼나는 라틴어와 프랑스어 어원의 어휘 몇 가지를 소개하려 합니다. 우선 de facto와 de jure입니다. de facto는 '사실상의'이라는 뜻으로 법 또는 규정에 명시되지는 않았지만 실질적으로는 그와 동급의 기능이나 역할을 할 때 사용됩니다e.g. de facto President: 사실상의 대통령. 이와는 반대로 de jure President라고 하면 법률상의by law 대통령 또는 형식적인 대통령이라는 의미입니다.

ad hoc은 '특정 목적의그래서 상설이 아닌 임시의, 특례의'라는 뜻입니다. ad hoc committee특별 위원회, ad hoc tax특별 목적세 등으로 활용됩니다.

영어로 풀이하면 ungreeted person인 라틴어 Persona Non Grata는 외교용어로 기피인물이라는 의미입니다. 이런 인물을 외교관으로 파견하면 상대국이 거부하며 교체해달라고 요구하는 경우가 대부분입니다. 프랑스어로는 rapport와 Gray Eminence프랑스어로 éminence grise가 있습니다.

rapport발음: 래뽀어는 우호적인 분위기 또는 친밀한 관계, 후자는 전면에 나서지 않는 막후 실력자, 실질적de facto 기획자를 의미합니다.

rapport

179 white marriage는 첫날밤에 그냥 잠만 자는 결혼

부득이한 사정으로 정략결혼marriage of convenience을 했지만 애정이 없거나 서로에게 부담을 주지 않기 위해 첫날밤을 포함 결혼 기간 내내 부부관계를 갖지 않는 결혼이 white marriage입니다. 첫날 밤이 지나도 침대 시트가 그 어떤 출혈흔적 없이 하얗다는 게 white의 의미라고 합니다.

lavender marriage도 어느 정도 white marriage에 포함된다고 볼 수 있습니다. 커플 중 적어도 한쪽이 LGBT성소수자인데 유산상속이나 이민을 통한 국적취득에 커밍아웃 하지 않는 것이 유리하다고 판단될 때 주위 사람들에게 성 정체성을 숨기고 하는 결혼이 lavender marriage입니다. 19세기 말에 lavender가 동성애의 상징으로 신문에 언급되면서 이런 표현이 생겼습니다.

그럼 Hollywood marriage의 뜻은? 초기에는 할리우드 celebrity들의 화려한 결혼을 의미했지만, 요즘은 일반인도 포함합니다. 화려하고 요란스럽게 결혼식을 했지만 몇 달 만에 별거나 이혼하는 경우를 가리킵니다.

20세기 전후에 반짝 Boston marriage라는 것이 있었다고 하네요. 여성 둘이 동거하며 romantic friendshipkissing, hugging

은 하지만 그 이상의 성행위는 않는 특수한 관계을 유지하는 결혼이었는데 동성애의 초기 단계로 판단됩니다.

마지막으로 가장 '비추'인 결혼방식이 open marriage입니다. 서로 간에 혼외정사를 인정해주는 결혼입니다.

white marriage

lavender는 동성애의 상징으로 쓰인다

180 rhyme을 이용한 재미있는 표현들

doodle은 아무 생각 없이 하는 낙서라는 뜻입니다. 그 앞에 Google을 붙인 Google doodle은 명절이나 특별한 이벤트가 있을 때 Google logo를 재미있게 변형하는 것을 가리킵니다.

Google doodle처럼 rhyme을 이용한 표현들을 알아보겠습니다. culture vulture는 오페라, 연극, 영화, 박물관 등 가리지 않고 문화생활에 대한 욕구가 강하고 그 소비가 왕성한 사람을 의미합니다vulture: 청소동물 역할을 하는 독수리.

name and shame은 특정 개인이나 집단을 꼭 집어서 잘못한 점을 공개하여 재발하지 않게 하려는 행위이고, airy-fairy는 공상적이거나 실속 없다는 의미의 형용사입니다. 기운을 북돋아 주는 사람이나 분위기를 pepper-upper라고 합니다. pep pill이 각성제, pep talk이 격려의 한마디인 것과 연관 지으면 됩니다.

handsome ransom은 상당히 큰돈을 익살스럽게 표현한 것이고handsome: 상당한, ransom: 인질에 대한 몸값, 소규모 기업에 대하여 주식매집 후 가격이 오르면 처분하여 이익을 내는 방식의 작전을 pump and dump라고 합니다.

mover and shaker는 특정 분야에서 가장 먼저 움직이고 판세를 좌지우지하는 영향력 있는 인물이나 기업을 의미합니다.

Google doodle

181 blackleg는 직장 내 왕따 후보 1순위

굵고 못생긴 무다리를 piano legs라고 부릅니다. 옛날 피아노, 특히 그랜드 피아노의 다리가 투박하고 굵게 생긴 것에서 기원합니다. chicken legs는 지나치게 상체운동만 많이 하고 하체 근육운동은 소홀히 해서 상체는 다부진 근육질인데 다리는 상대적으로 빈약해 보이는 거미형 체형을 가리킵니다. chicken legs syndrome으로도 부릅니다.

hollow leg는 엄청난 주량이란 뜻입니다. hollow는 텅 비었다는 뜻의 형용사이고 leg는 일종의 자루bag를 의미합니다e.g. He has hollow legs. 술집 이름에서도 가끔 볼 수 있습니다e.g. Big George's Hollow Legs.

bootleg는 밀주, 밀매품, 해적판 음반 등 불법적으로 제조/유통되는 모든 제품을 가리킵니다. 서부시대에 총잡이들이나 카우보이들이 boots의 발등 부분에 조그만 공간을 만들어서 칼 등의 또 다른 무기를 은밀하게 숨겨두었는데 그곳을 bootleg라고 부른 것이 유래입니다.

blackleg는 파업 중인데도 노조의 지시를 지키지 않고 자신의 업무를 하는 배신자(?)를 비난할 때 사용합니다. strikebreaker라고도 불립니다.

182 Marie Antoinette이 단두대 앞에서 남긴 최후의 말

유명인들이 이승에서 남긴 최후의 말에는 어떤 것들이 있을까요? Steve Jobs는 "Oh, wow"를 세 번 반복했다고 여동생인 Mona Simpson이 전하고 있습니다. Michael Jackson의 마지막 말은 "I'd like to have some milk"로 알려져 있습니다. 여기서 milk는 Propofol입니다.

그런데 last words는 세월이 흐르며 여러 사람의 입을 거치면서 신빙성이 떨어지는 경우도 있고, Michael Jackson의 경우처럼 민감한 법적 책임 문제가 걸려 있어서 무조건 사실로 받아들일 필요는 없습니다. 그냥 재미로 접근하는 것이 좋겠습니다.

단두대로 끌려가며 실수로 executioner사형 집행자의 발을 밟은 Marie Antoinette는 그에게 "Excuse me, Mr"라고 말한 것이 마지막이라고 합니다.

Winston Churchill은 "I'm bored with it all"이라고, 독일의 작가인 Goethe괴테; 영어발음은 '거~더'는 방이 어두웠는지 "More light!"라고 말했습니다. 영국의 작가인 George Orwell이 유언이 아닌 작품으로 남긴 마지막 문장은 'At fifty, everyone has the face he deserves'입니다. 사람은 50세가 되면 얼굴

에 살아온 흔적이 남는다는 글인데, 그는 이렇게 써놓고 46세로 하직합니다.

'The sadness will last forever'는 Vincent van Gogh의 suicide note에 적혀 있었습니다. 살아있던 37년이 너무 힘들었나 봅니다.

단두대로 끌려가는 Marie Antoinette

George Orwell

183 사채업자의 빚보다 더 무서운 sleep debt

선거철에 특정 후보에 대한 부정적 소문이나 비난을 들었을 경우, 또는 어느 연예인에 관한 '찌라시' 정보를 접했을 때, 처음에는 긴가민가하지만 시간이 지나면서 '정말 사실일까?', '아니 땐 굴뚝에 연기 나겠어?'라는 의문을 시작으로 조금씩 그 소문이나 정보에 신빙성을 부여하는 심리를 sleeper effect라고 부릅니다. 잠자고 있다가 뒤늦게 시동이 걸린다는 의미입니다.

sleeper agent는 평상시에는 일상생활을 하다가 특정임무가 주어지면 활동을 시작하는 공작원입니다. 투자와 경영분야에서 sleeping partner는 투자는 하지만 경영에는 참여하지 않는 투자자라는 뜻입니다. sleeping policeman은 영국에서 speed bump도로의 과속방지턱의 별명입니다.

빚debt은 언젠가는 갚아야 합니다. 특히 sleep debt수면부족은 악덕 사채업자가 빌려주는 돈과 같아서 반드시 갚아야 합니다. 다시 말해서 어제, 오늘 수면이 부족했다면 조만간에 충분한 수면을 취해야 정상적인 생활이 가능하다는 의미입니다.

sleep debt은 떼어먹을 수 없는데 거기에 도전하는 사람이 sleep camel입니다. 바빠서 주중에는 잠을 덜 자고 주말에 binge sleepingbinge: '폭음'에서 '폭'의 뜻으로 보충하는 사람을 sleep camel이라고 부릅니다. 낙타가 물을 마시지 않고 며칠 동안 버틸 수 있다는 것에 비유한 표현입니다.

sleep debt

184 양은 냄비의 '양은'은 German silver

baby boomers가 노령화되면서 연금수령 인구가 급격히 증가하는 현상을 silver tsunami라고 부릅니다. 급격증가에는 tsunami, 급격감소에는 cliff를 쓰는 것이 요즘 트렌드인데e.g. fiscal cliff, income cliff, 특히 cliff의 원조 표현은 특허권 만료로 특정기술에 대한 독점권을 잃게 되는 patent cliff입니다.

silver에 관한 몇 가지 표현을 소개합니다. German silver=nickel silver는 구리에 아연과 니켈을 일정 비율로 섞어서 만든 합금으로 우리나라에서는 양은이라고 부릅니다. 여기서 '양'은 당연히 서양을 의미합니다.

quicksilver는 수은mercury의 별칭입니다. 수은에 해당하는 고대 그리스어의 어원이 water silver인데 액체금속이어서 활동성이 크다는 의미입니다. 그래서 '민첩하다'는 의미가 quicksilver에 추가되었고, 요트 이름, 만화 속 캐릭터 이름, 각종 스포츠 제품 브랜드 등에 자주 사용됩니다.

호주와 뉴질랜드에서는 부자, 그중에서도 사회적 특권을 가져서 영향력이 큰 사람을 silvertail이라고 부릅니다.

185 관광버스의 별명이 rubberneck wagon인 이유

노화가 진행되면 뺨 아랫부분에서 목살까지 축 늘어지는데 이런 모양을 turkey neck이라고 부릅니다. 칠면조의 목 부위에 심하게 늘어진 살이 있어서 생긴 표현입니다.

leatherneck은 미국과 영국의 해병대원을 가리킵니다. 19세기에 해병대 정복전투복이 아닌 일종의 예복의 목 부분에 가죽 collar가 있던 것이 유래입니다. 지금도 Leatherneck이라는 이름으로 미국 해병대에서 월간 간행물이 나오고 있습니다.

평소보다 목을 더 내미는 느낌으로 이곳저곳을 두리번거리거나 관심 대상을 바라보는 사람을 rubberneck이라고 합니다. 그런 행위는 rubbernecking입니다. 대표적인 rubbernecking이 전방에 교통사고가 났을 때 속도를 줄이며 구경하는 것입니다. 관광버스의 별명도 rubberneck wagon입니다. 승객들 대부분이 rubberneck이기 때문입니다.

우리말 중에서 뻔뻔하고 염치없는 사람을 가리킬 때 철면피라고 표현하는 것을 영어에서는 brass neck을 이용합니다. 'He had the brass neck to go there'는 '뻔뻔하게도 그는 그곳에 갔다'는 의미입니다brass: 놋쇠, 황동. brass neck 대신

cheek을 써도 같은 의미입니다.

redneck은 원래는 미국 남부의 육체노동을 하는 가난한 백인을 비하하는 표현이었는데 요즘은 지역에 상관없이 사용됩니다.

rubbernecking

186 Nicholas가 승리를 의미한다고?

유명 스포츠용품 브랜드인 Reebok은 아프리카 영양의 한 종류인 Rhebok의 spelling을 재구성한 것입니다. 이렇게 원래 단어를 특정 목적에 맞게 철자 변경한 것을 stylized spelling이라고 부릅니다.

과일맛 스낵에 Fruit 대신 Froot를 쓰거나 각종 비디오 게임 브랜드에 Combat 대신 Kombat을 쓰는 것이 대표적 사례입니다. 2006년에 Reebok을 인수한 Adidas의 창업자는 Adolf Dassler인데 Adolf의 애칭인 Adi와 Dassler의 Das를 합성하여 Adidas라는 브랜드를 만들었습니다. Adolf의 형인 Rudolf Dassler는 Puma 브랜드의 창업자입니다.

Nike 브랜드는 그리스 신화의 Winged Goddess of Victory 줄여서 '승리의 여신'인 Nike발음: 니케를 발음만 '나이키'로 styling한 것입니다. 유명한 Nike logo는 swoosh 또는 Nike tick이라고도 불립니다. 전자는 자동차나 다른 빠른 물체가 '쌩하고 빠르게 지나가다'라는 뜻의 명사 겸 동사이고의성어, tick은 설문지 등에서 작은 네모 모양에 하는 V표시입니다.

Nick, Nicole, Nicholas, Nikita 같은 이름들의 어원도 승리의 여신 Nike입니다.

187 이슬람의 Mahomet와 초승달은 아무 관련이 없다?

half moon보다 작은 달이 crescent초승달인데, 커지는 초승달은 waxing crescentwax: 달이 점점 커지다이고, new moon그믐달을 향해 작아지는 초승달은 waning crescentwane: 달이 점점 작아지다 또는 드물게 decrescent라고 부릅니다.

half moon에서 full moon 사이에 있는 달은 gibbous moon입니다. gibbous는 '볼록 튀어나온'이라는 뜻인데 요철에서 '철'에 해당합니다. 보통 moon을 빼고 그냥 gibbous라고 부르는데, 당연히 여기에도 waxing gibbous와 waning gibbous가 있습니다.

crescent는 이슬람의 상징으로 알려져 있고 많은 이슬람 국가의 국기에는 초승달이 있습니다. 하지만 국기에 crescent가 들어간 것은 1950년대 이후이고 이슬람과 초승달은 무관합니다. 지중해 인근, 중앙아시아, 페르시아 지역의 고대 유물에서 crescent 문양의 다양한 유물이 발견됐는데 이슬람과는 무관합니다.

Turkey의 전신인 Ottoman Empire가 19세기에 a green star and crescent를 제국의 symbol로 삼으면서 주변의 이슬람 국가들에게 crescent가 친숙하게 되었습니다. 1950년대 이후 이슬람 민족주의가 커지면서 개별국가들이 그동안 익숙해진 crescent를 국기에 넣기 시작한 겁니다.

특이한 점은 투르크메니스탄의 국기를 제외하면 crescent가 들어간 모든 국기는 waning crescent알파벳 C자 모양를 쓰고 있습니다. 기왕이면 waxing crescent알파벳 C와 반대방향를 쓰면 긍정적인 의미를 더 부여할 수 있었을 겁니다. 아마도 디자인적인 측면이 고려되었을 것으로 추정됩니다.

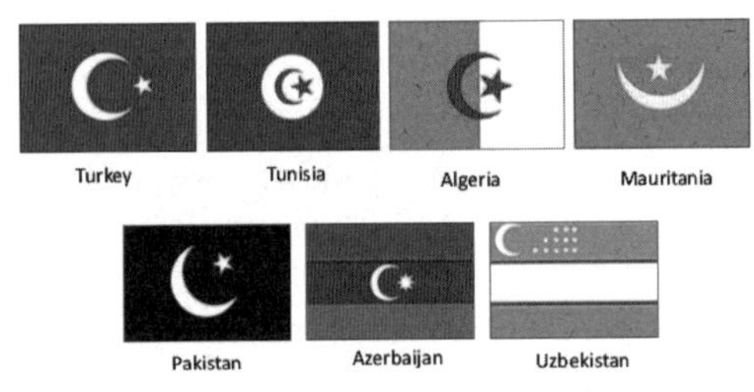

국기에 초승달이 들어간 이슬람 국가들

188 SNS의 '자랑쟁이'는 심하면 인격 장애인

상대가 대놓고 자랑할 때 'He is blowing his own trumpet'이라는 표현을 씁니다. 이 경우는 귀엽기라도 한데, 자랑하지 않는 척하면서 은근히 '자랑질'하는 경우에는 한 대 쥐어박고 싶을 정도입니다. 원어민들은 이런 사람들을 humble bragger, backdoor bragger brag; 자랑하다라고 부릅니다.

묻지도 않았는데 먼저 '자랑 선빵'을 날리는 사람은 self-promoter입니다. 이런 사람들이 SNS로 가면 attention seeker 강하게 번역하면 관심종자가 되는데, 정말 꼴 보기 싫으면 seeker 대신 whore 창녀를 써서 남녀 구분 없이 attention whore라고 부릅니다. attention seeker나 attention whore 바로 뒤에 강조를 위해 with a chip on the shoulder라는 꼬리표를 붙이는 경우도 있습니다.

남들보다 뒤처진 것에 대한 열등감, 불만, 울화 등을 chip이라고 부르는데, 이 chip을 어깨에 달고 다닌다는 의미입니다. 결국 attention seeker는 스스로 자신이 못났다는 고백이고 자백인 거죠. 정신의학에서는 이런 증상을 histrionic personality disorder로 분류합니다 histrionic; 꾸민듯한, 연극의. 연극성 인격장애라고 번역합니다.

189 관심병자를 다루는 몇 가지 방법

배우 Will Smith는 'The women who don't seek attention are usually the women you need to be giving your attention to'관심종자'가 아닌 여성이야말로 당신의 관심을 가져야 할 여성이다' 라고 말했습니다.

'Confidence is silent. Insecurities are loud자신감은 조용하고 불안감은 시끄럽다'라는 어록도 비록 출처는 불확실하지만 마음에 울림이 있습니다. N=S/h라는 우스개 공식도 있습니다. narcissism자아도취 지수인 N은 시간당 selfie셀카 촬영횟수 selfies per hour와 일치한다는 의미입니다.

그러면 이런 '환자'들은 어떻게 다루어야 할까요? 직설적으로 자랑질 좀 그만하라고 면박을 줄 수도 있겠지만 그것은 최후의 방법이고, 일단 tactical ignoring전술적 무시 기법; =planned ignoring이 가장 많이 추천되는 방식입니다. 한마디로 '개무시' 전략입니다.

자랑에 시동이 걸릴 무렵에 말을 돌리거나 화장실 가는 척하며 자리를 비우는 'nip-in-the-bud technique싹 자르기 기법'이 대표적인 예입니다.

silent treatment도 비슷한 개념입니다. 맞장구치지 않으면서 일종의 punishment를 가하는 것인데 그래서 이런 punishment를 manipulative punishment라고도 부릅니다

manipulative; 조종하는.

이것도 통하지 않게 되면 집단적 왕따의 직전 단계인 shunning을 쓰게 됩니다shun; 피하다, 만나기를 꺼리다.

attention seeker

shunning

190 하루 종일 관심받을 방법만 연구하는 grandstander

2003년에 미국이 이라크를 침공할 때 프랑스가 반대하며 불참하자, 미국의회 구내식당의 메뉴판에서 French fries의 명칭이 Freedom fries로 바뀐 해프닝이 있던 것은 유명합니다. 어쩌면 가벼운 Francophobia프랑스 혐오증로 볼 수도 있습니다.

그런데 '자유'라는 수식어로 음식 이름을 바꾼 것은 그때가 처음이 아닙니다. 1차 세계대전 당시 미국 내에서 반독일 정서가 커지면서 핫도그용 소시지인 frankfurter를 liberty sausage로, 양배추를 잘게 썰어 발효시킨 독일식 양배추 소금절임인 sauerkraut를 liberty cabbage로 바꾼 적이 있습니다.

흥미로운 것은 이 두 사례 모두 미디어와 대중의 관심을 받고 싶어하는 일명 '관심종자' 정치인들이 아이디어를 내고 주연역할을 했다는 점입니다. 기자들은 기삿거리가 되는 이런 issuemaker들을 늘 반기니까요. 이런 사람들을 grandstander라고 부릅니다. grandstand는 경기장의 '로열석, 로열박스'를 의미하고, 따라서 카메라와 경기장 관중들의 관심과 시선을 받는 곳입니다. '관심종자'에 딱 어울리는 표현입니다.

French fries를 기획(?)했던 당시 공화당 하원의원인 Bob Ney는 그냥 grandstander가 아니라 petty grandstander라는 비아냥까지 들었습니다petty; 사소한. '쪼잔한 관심종자' 정도로 번역할 수 있습니다.

SAUERKRAUT MAY BE 'LIBERTY CABBAGE'

Dealers Think Camouflaged Name Is Better Suited to American Sensibility.

미국의 Francophobia

191 김구라는 윤종신이 만든 '국민 호사가'?

MBC의 '라디오 스타'라는 예능 프로그램에서 윤종신은 김구라에게 오락성 설정의 '호사가'라는 딱지를 붙이려고 부단히 애를 씁니다.

호사가의 사전적 정의는 '특별한 관심을 갖고 남의 이야기를 하기 좋아하는 사람'입니다. 남에 관한 좋고 나쁜 소식에 대한 잡담이 gossip이므로 호사가는 gossipmonger 또는 gossiper라고 번역할 수 있습니다monger; ~꾼. 이들에게 세상이 해주는 따끔한 한마디는 다음과 같습니다; 'Being a gossipmonger' says more about you than it does about the people you are gossiping about.'호사꾼이라는 것 자체가 호사꾼의 관심 대상보다 오히려 호사꾼에 대하여 더 많은 것을 말해준다

gossipmonger들의 정보가 사실이 아닌 경우도 많습니다. 그들도 Chinese whispers의 중간 멤버이기 때문입니다. Chinese whispers란 귀에서 귀를 통해 첫 번째 사람이 한 말을 마지막 사람이 최대한 정확히 맞추는 게임으로, '가족 오락관'이라는 프로그램에서 하기도 했습니다. 소문의 왜곡된 전달과정이란 뜻으로 사용됩니다.

어쨌든 이런 호사꾼들에 대한 적절한 대응방식은 다음과

갈습니다; Listen to what they say without acknowledging itacknowledge: 인정하다. 호사꾼 말에 맞장구치지 말고 그냥 듣기만 하라는 겁니다.

Chinese whispers

192 primate와 ape의 차이는?

primate영장류가 ape유인원보다 상위개념이고 따라서 더 포괄적입니다. 전자는 모든 종류의 원숭이부터 고릴라, 오랑우탄, 침팬지, 인간을 지칭하고 후자는 꼬리가 없는 영장류tailess primate입니다. 인간도 꼬리가 없으니 ape에 포함될 수 있지만 일부 학자들은 포함시키지 않습니다.

엄격하게는 꼬리의 유무뿐만 아니라 팔길이, 넓은 가슴인지 아닌지도 판단의 기준입니다. 인간을 제외한 ape는 긴팔원숭이gibbon, 고릴라, 오랑우탄, 침팬지입니다. 팔길이와 관련된 용어가 ape index=gorilla index입니다. 양팔을 수평으로 뻗을 때의 길이인 arm span복싱에서의 reach을 키로 나눈 값입니다. 스포츠 의학에서는 이 값이 클수록 rock climbing에서 경쟁력이 높다고 판단합니다.

보통사람의 평균 ape index는 1.05인데, 기원전 로마의 작가이자 엔지니어인 Vitruvius는 가장 이상적인 신체균형은 키와 arm span이 같은 모습이라고 주장했습니다. Leonardo da Vinci는 그의 주장을 그림으로 그려서 Vitruvian man이라고 이름 붙였습니다.

193 yellow journalism의 원조 Pulitzer

Pulitzer medal은 21개의 수상분야 중에서 Public Service 분야의 수상자에게 주는 상입니다. Pulitzer medal의 앞뒷면을 살펴보면 Pulitzer Awards는 Columbia 대학교가 주관하고 'Disinterested and Meritorious Service공정하고 가치 있는 봉사와 헌신'에 대하여 수상함을 알 수 있습니다.

19세기 말 New York World라는 신문사의 대표였던 Joseph Pulitzer가 유언으로 Columbia 대학교에 기부하면서 이 상이 생겼고, 덕분에 Columbia 대학교에는 세계최초로 대학원 과정에 journalism 학과가 생깁니다.

그러나 그가 공정한 언론인이었다고 평가하는 사람은 거의 없습니다. New York World와 New York Journal은 라이벌 관계로 서로 자극적이고 선정적인 제목, 내용, 삽화로 경쟁했습니다.

특히 당시에 yellow kid라는 인기 있는 캐릭터가 등장하는 만화comic strip가 있었는데, 두 신문사가 이 만화 제작팀을 교대로 스카우트하면서 yellow kid는 두 신문사를 넘나들며 등장합니다. 그래서 두 회사의 선정성과 치열한 경쟁을 yellow sin으로, 이들의 편집방식을 yellow kid journalism

이라고 불렀습니다. 이것이 요즘 말하는 yellow journalism의 유래입니다.

nude journalism, tabloid journalism, gutter pressgutter; 시궁창, 빈민굴도 비슷한 개념입니다. 요즘 온라인 신문에서 자극적 제목으로 클릭을 유인하는 click baiting도 크게 보면 yellow journalism에 속합니다.

yellow kid

경쟁하는 New York World와
New York Journal 신문사

194 미국에서 soccer가 매력적이지 않은 이유

최근에 미국에서 축구의 인기가 좀 높아졌다고 해도 야구, 농구, 미식축구에 비할 바는 아닙니다. 축구에 관한 여러 칼럼을 읽은 후 미국인들의 속내를 읽을 수 있는 몇 가지 문장을 소개하려 합니다. 무엇보다 득점이 적다는 것이 가장 큰 불만입니다.

첫째, Soccer appeals to pessimists; 축구는 비관주의를 갖고 봐야 그나마 재미있다는 것입니다. 전후반전에 연장전까지 가도 골은 가뭄에 콩 나듯이 나올 수 있으니 애당초 기대치를 낮추라는 거죠.

둘째, Soccer is a lot like socialism. It doesn't give the fans too much of what they want; 축구는 사회주의 배급제도와 비슷해서 팬들이 원하는 것골을 충분히 주지는 않는다고 불만스러워합니다.

셋째, Scrap the offside rule; 오프사이드 룰을 버리랍니다 scrap: 버리다. 적진 깊이 급습하여 순식간에 터치다운하는 미식축구가 얼마나 짜릿한데 축구는 그 매력을 스스로 포기하고 있다고 안타까워합니다.

넷째, Soccer is not TV-friendly; 광고편성 관점에서 45분

이라는 경기 시간은 방송사에게 전혀 매력적이지 않습니다.

축구보다 득점이 많이 나는 경쟁 스포츠가 강세를 보이는 한 미국인들이 축구의 매력에 빠질 가능성은 적어 보입니다.

미국팀의 축구 경기

195 누가 tomato를 채소래? 과학자들 열받잖아

토마토가 채소냐 과일이냐 하는 논쟁은 꽤 많이 있었습니다. 적어도 우리나라에서는 채소로 알고 있는 사람들이 많은 것 같습니다. 그러나 식물학을 전공하는 과학자들의 경우 '토마토는 과일'이라는 입장이 확고합니다.

과학자들이 과일이라고 정의하는 세 가지 기준에서 토마토는 그 기준에 정확히 부합하기 때문입니다. 첫 번째 기준은 열매 속에 씨앗이 있어야 합니다. 두 번째, 열매 속에 ovary가 있어야 합니다. ovary는 씨방으로써 일종의 씨 만드는 공장입니다. 동물에게 ovary는 난소라고 번역합니다. 세 번째, 해당 식물이 꽃을 피우는 flowering plant이어야 합니다.

사실 이런 과학적 기준에 따르면 호박도 과일입니다. 다만 요리사들 눈에 토마토나 호박같이 당도가 약한 과일은 당도 높은 과일과 다르게 보였습니다. 특히 sweet treats달달한 간식류에는 저당도 과일들이 부적합했던 거죠. 그래서 이런 과일들은 관행적으로 채소라고 불리고 있는 겁니다.

위의 세 기준을 충족시키는 과일을 botanical fruit식물학 관점의 과일라고 부릅니다.

fruit가 들어가는 몇 가지 표현을 소개합니다. stone fruit는 매실이나 복숭아처럼 씨가 크고 단단한 과일이고 candied fruit는 잘게 썰어 말린 후 설탕 시럽을 바른 가공 과일입니다. 그렇다면 hen암탉을 이용한 hen fruit는? 계란의 별명입니다.

botanical fruit이자
관행적으로는 채소라고 불리는 tomato

196 Roger와 Copy that

무전기 용어 Roger와 Copy that은 'Your information is well received제대로 수신되었음'라는 의미로서 그 용도가 같지만, Copy that은 하나의 용도가 더 있습니다. 상대방의 지시를 그대로 이행하겠다며 복창하기 전에 하는 일종의 구호입니다.

예를 들어 상대방이 'Return to base immediately즉시 기지로 귀환하라'라고 말했을 때 나의 대답은 'Copy that, HQ. Return to base알았다, 본부. 기지로 귀환!'가 되는 겁니다. 이렇게 복창할 경우 Copy that 대신 Roger를 쓰지는 않습니다.

Over는 '이제 내가 할 말은 끝났으니 너의 차례다'라는 의미로서 'Over to you'를 줄인 표현입니다. 이와는 다르게 Out은 '이상 끝'이라는 뜻으로 네가 더 대답할 필요는 없다는 겁니다. Clear는 나의 무전기 전원을 끄겠다는 의사표시입니다.

잡음이 있는 무전기 대화에서는 오해의 소지를 없애기 위해 Yes는 Affirmative로, No는 Negative로 바꿔서 확실하게 의사표시를 합니다. 사람의 육성을 이용한 distress call조난신호로 쓰이는 mayday는 세 번 연속해서 말하게 되어 있으며 프랑스어인 m'aiderHelp me라는 뜻를 변형한 것입니다.

197 과학계에서 purple이라는 색 명칭을 사용하지 않는 이유

자동차 신호등의 green light는 초록 불이 맞는데 왜 파란 불이라고 하나요? 푸른 하늘의 '푸른'과 푸른 초원의 '푸른'은 같은 색깔입니까? 색상에 관한 한국인의 일부 잘못된(?) 언어습관이 한국어를 배우는 외국인을 어리둥절하게 만드는 경우가 종종 있습니다.

이 정도까지는 아니지만 purple과 violet도 일부에서 혼란이 있기에 정리해볼까 합니다. 영한사전, 한영사전 둘 다 violet은 보라색으로 잘 정리가 되어있지만, purple에 관해서는 사전마다 조금씩 다릅니다. 대세는 자주색이라고 하지만 일부 사전은 보라색까지 포함시킵니다.

미술이나 색채 전문가들은 이 두 가지 색을 나름 분명하게 구별해줍니다. 붉은기가 강한 violet, 즉 reddish violet을 purple이라고 정리합니다.

과학계에서는 기본적으로 purple이란 색상을 사용하지 않습니다. '빨주노초파남보'의 visible spectrum가시광선 스펙트럼에 나타나지 않는 non-spectral color이기 때문입니다. 결국 purple도 magenta심홍색 계열나 maroon밤색 계열처럼 가시광선의 7가지 색과 흑백을 적절한 비율로 혼합하여 만든 색인

tertiary color혼합색; tertiary는 '제3의, 3차의'이지 'scientific' color는 아닙니다.

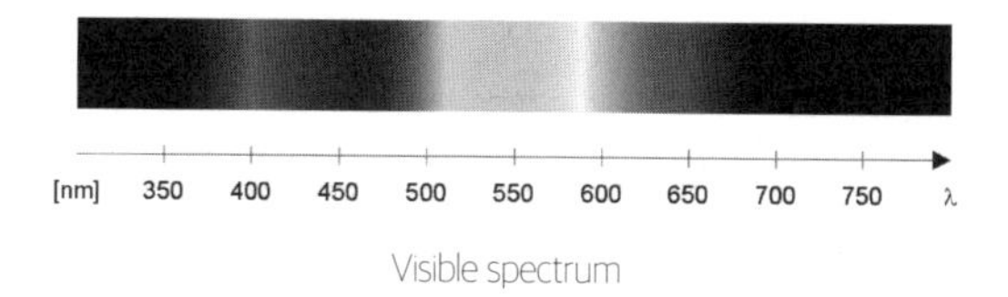

Visible spectrum

198 연예 기획사의 사장이 좋아하는 fauxmance

상대가 내 편인지 아닌지 헷갈리거나 이중적인 태도를 보일 때 friend와 enemy를 합성한 frienemy를 씁니다. 'friend or fiend?'와 'friend or foe?'도 자주 쓰이는 표현입니다. friend에서 r이 빠진 fiend발음: 피인드는 '마귀, 악귀'라는 뜻입니다. 그래서 friend와 fiend를 나란히 사용하면 시각적 rhyme 효과가 있습니다.

foe는 '적군'이라는 뜻으로 enemy보다는 고급스러운 단어로써 '좀 있어 보이고' 싶을 때 사용합니다. 한발 더 나아가 'friend or faux?'라는 표현을 써서 현학적 허세를 업그레이드시키는 경우도 있습니다. faux는 false를 의미하는 프랑스어이고 발음은 foe와 같습니다. 따라서 'friend or faux?'는 귀로 듣기만 하면 'friend or foe?'와 같아서 '진실한 친구인가, 거짓 친구인가?'라는 뜻이 됩니다.

이렇듯 품격을 높이기 위해 프랑스어를 빌려 쓰거나 빌려서 새로운 단어를 만드는 것은 영어권 국가에서 드물지 않은 일입니다. fauxmance가 또 하나의 사례입니다. false romance라는 뜻으로, 주로 연예계에서 가짜로 연인 사이가 되어 미디어에서 화제성을 높이려는 꼼수입니다.

199 이 세상 대부분이 백인을 위한 것이라는 시각 imperial gaze

TV 오락물에서 여성 출연자의 몸을 위에서 아래로또는 반대 방향으로 감상하듯 움직이는 카메라 워킹, Marilyn Monroe의 졸린듯한 눈빛과 그녀의 두툼한 입술화장lip contouring, 그리고 살짝 열린 그녀의 입. 이 모든 설정은 주로 남자들을 위한 것이지 여성을 위한 것이 아닙니다.

세상의 모든 시각적 표현물은 결국에는 남성이 소비하도록 만들어진다는 비아냥적 시각이 반영된 어휘가 male gaze입니다gaze: 응시, 시각.

imperial gaze라는 시각도 있습니다. 모든 시각적 표현물은 특권층the privileged의 관점이 반영되도록 만들어지고 있다는 것입니다. 여기서 특권층이란 white백인와 western서구사회를 말합니다. male gaze와 imperial gaze를 합쳐보면 세상 만물은 백인 남성이라는 렌즈로 찍혀진 피사체가 되네요.

shoegaze는 기타리스트가 고개를 숙이고 연주하는 모습을 가리킵니다. 고개 숙인 모습이 마치 신발을 바라보는 것과 비슷하다고 생긴 표현이며, 1980년대 후반에 영국의 일부 인디 밴드들이 shoegazing 스타일로 공연했다고 해서 그들을 지칭하여 shoegaze라고 부르기도 했습니다.

200 한의학도 아프리카 주술사의 의술도 모두 ethnomedicine

한의학에서 쓰이는 몇 가지 용어들이 영어로는 어떻게 표현되는지 알아보겠습니다. 침술은 영어로 acupuncture입니다. acu는 라틴어 acus needle을 의미에서 유래합니다. 부항은 cupping 또는 cupping therapy라고 부르는데, cup부항 내부의 진공상태를 만들어내는 방법에 따라 firecupping, drycupping, wetcupping으로 구분됩니다.

쑥뜸은 moxibustion이라고 부릅니다. 얼핏 보면 낯설고 어려운 단어 같지만 moxa가 말린 쑥이고 bustion은 '태우다'를 의미하는 명사형 어미이므로e.g. combustion; 연소 합치면 '쑥을 태움'이라는 뜻이 됩니다.

약초를 이용하여 질병을 예방하고 관리하는 약초학은 herbalism 또는 herbal medicine이라고 부르고, 이런 약초에 대한 전문가는 herbalist 또는 herb doctor라고 부르기도 합니다. doctor라는 명칭을 쓴다고 이들이 medical doctor라는 의미는 아닙니다.

acupuncture, cupping, moxibustion에 herbalism까지 이 모두를 다루는 분야가 한국식으로는 한의학입니다. 엄밀히 말하자면 그 방식과 재료는 달라도 나라마다 또는 민족마다 그들 나름대로의 전통의학은 존재해 왔습니다.

근대 이후에 도입된 서양의술이 아니라는 의미에서 전통의술은 ethnomedicine이라고 부릅니다ethno: 민족을 의미하는 접두어. 한의학을 일반적으로 traditional Korean medicine이라고 부르며 이 또한 지구상의 다양한 ethnomedicine 중의 하나라고 볼 수 있습니다.

ethnomedicine

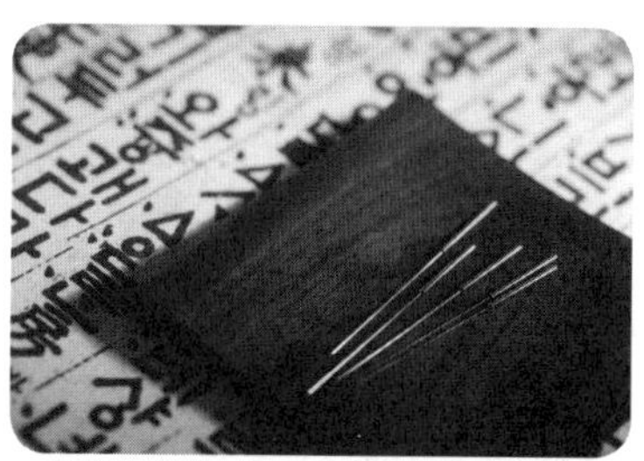

한의학 또한 ethnomedicine 중 하나이다